近代稀见旧版文献再造丛书

民国紅學要籍汇刊

（影印本）

王振良 编

第二卷

俞平伯 红楼梦辨

南開大學出版社

目录

俞平伯《红楼梦辨》

俞平伯，原名俞铭衡，字平伯。安徽德清人。一九〇〇年生，一九九〇年卒。与胡适同为新红学之奠基人。早年参加五四新文化运动，为新潮社、文学研究会、语丝社成员。一九一九年毕业于北京大学。先后任上海大学、燕京大学、北京大学、清华大学教职。新中国成立后，任北京大学教授、中国社科院文学研究所研究员等。其关于《红楼梦》的著述，另有《红楼梦研究》《红楼梦简论》《红楼梦八十回校本》等。

《红楼梦辨》一册，俞平伯著。上海亚东图书馆出版发行，中华民国十二年四月出版。首有顾颉刚之序言和作者引论。本书正文四三二页，是在胡适《红楼梦考证》影响下产生的一部有学术价值和影响的论著，全书凡三卷十七篇，上卷五篇，专论高鹗的后四十回续书；中卷六篇，论曹雪芹及前八十回《红楼梦》；下卷六篇，分别考证其他续书及札记随笔。此书兼有评论和考证文章，提出了作者自叙、色空观念、情场忏悔、钗黛合一、怨而不怒等观点。该书是新红学史上的第一部专著，篇幅虽不大，却涉及了红学的诸多领域，取得了丰硕的研究成果，很多研究具有开创价值，学术意义重大，影响深远。

紅樓夢辨

俞平伯著

中華民國十二年四月出版

紅樓夢辨（全）
每册定價洋壹元
外埠酌加郵費

著者 俞平伯
發行者 亞東圖書館 上海五馬路棋盤街西首
印刷者 亞東圖書館 上海五馬路棋盤街西首
分售處 各省各大書店

顧序

平伯做這部書，取材於我的通信很多，所以早先就囑我做一篇序。我一直沒有功夫做。到現在，這部書快要出版了，使我不得不在極冗忙的生活中抽出一點功夫來把牠做了。

我原來想，凡是一種風氣必有牠的來源：自從有了紅樓夢之後，『模倣』『批評』和『攷證』的東西如此的多，自然由於讀者的注意。但爲什麼做出的東西總是浮淺的模倣，尖刻的批評，和附會的攷證？這種思想的來源是在何處？我要解釋這三類東西的來源，很想借了這一篇序文，說明浮淺的模倣出於尚書之學，尖刻的批評出於春秋之學，附會的考證出於詩經之學。牠們已有了二千年的歷史，天天在那裏揮發牠們的毒質，所以這種思想會得深入於國民心理，凡有一部大著作出來大家就會在無意之中用了差不多的思想，做成這三類東西，粘附在牠的上面。紅樓夢的本身不過傳播了一百六十餘年，而紅學的成立却已有了一百年，在這一百年之中，他們已經鬧得不成樣子，險些兒把牠的眞面目塗得看不出了。我很願意在這篇序文上把從前人思想的錮蔽和學問的錮蔽暢說一回，好使大家因了打破舊紅學而連及其餘同類的東西。但這個意思的內容太複雜了，不是一序所能容，也不是忙中抽閒所能做，所以寫了一點就沒有續下。等將來有空的時候，再作爲專篇的論文罷。

關於紅樓夢作者的歷史，續作者的歷史，本子的歷史，舊紅學的錯誤，適之先生在紅樓夢考證上說得很詳了。關於紅樓夢的風格，作者的態度，續作者的態度，續作者的依據，……平伯這部書上也說得很詳了。

我要說的，就是這一部書的歷史。

一九二一年三月下旬，適之先生的紅樓夢考證初稿作成。但曹雪芹的事蹟和他的家庭狀況依然知道的很少。那時候，北京國立學校正是爲着索薪罷課，使我有功夫常到京師圖書館裏做考查的事。果然，曹寅的著述找到了，曹家的世系也找到了。平伯向來歡喜讀紅樓夢，這時又正在北京，所以常到我的寓裏，探詢我們找到的材料，就把這些材料做談話的材料。我同居的潘介泉先生是熟讀紅樓夢的人，我們有什麼不曉得的地方，問了他，他總可以囘答出來。我南旋的前幾天，平伯介泉和我到華樂園去看戲。我們到了園中，只管翻着楝亭詩集，雜講紅樓夢，幾乎不曾看戲。坐在我們前面的人覺得討厭了，屢屢回轉頭來對我們瞧上幾眼。介泉看見了，勸我們道，「不要講了，還是看戲罷！」

適之先生的初稿裏因爲程偉元序上說，『原本目錄一百二十卷，今所藏祗八十卷，殊非全本』，疑心後四十回的目錄或者是原來有的。平伯對於這一點，自始就表示他的反對主張；那時的證據，是既有了『因麒麟伏白首雙星』的回目，就不應當再有『薛寶釵出閨成大禮』的回目。我囘南之後，平伯卽來信道，

我日來繙閱紅樓夢，愈看愈覺後四十回不但本文是續補，卽囘目亦斷非固有。前所談論固是一證；又如末了所謂『重沐天恩』等等，決非作者原意所在。況且雪芹書既未全，決無文字未具而四十囘之目已條分縷析如此……

我想，紅樓作者所要說的無非始於榮華，終於憔悴，感慨身世，追緬古歡，綺夢既闌，窮愁畢世。寶玉如是，雪芹亦如是。出家一節，

中舉一節咸非本旨矣……（四月廿七日）

這是他給我的第一封信。後來這些主張漸漸的推論出來，就成了這一部書的骨幹。

從此以後，我們一星期必作一長信；適之先生和我也是常常通信。我對於紅樓夢原來是不熟的，但處在適之先生和平伯的中間，就給他們逼上了這一條路。我一向希望的辨論學問的樂趣，到這時居然實現。我們三人的信件交錯來往，各人見到了什麼就互相傳語，在幾天內大家都知道了。適之先生常常有新的材料發見；但我和平伯都沒找着歷史上的材料，所以專在紅樓夢的本文上用力，尤其注意的是高鶚的續書。平伯來信，屢屢對於高鶚不得曹雪芹原意之處痛加攻擊；我因爲受了閻若璩辨古文尚書的暗示，專想尋出高鶚續作的根據，看後四十回與前八十回如何的聯絡我的結論是高氏續作之先，曾經對於本文用過一番功夫，因誤會而弄錯固是不免，但他決不敢自出主張，把曹雪芹意思變換。平伯對於這點，很反對我，說我做高鶚的辨護士，他論到後來，說，

弟不敢菲薄蘭墅，却認定他與雪芹的性格差得太遠了，不適宜於續紅樓夢。（六月十八日）

這是他進一步的觀察，從作者的性格上剖析出來，眼光已超出於文字異同之上了。後來又說，

我向來對於蘭墅深致不滿，對於他假傳聖旨這一點尤不滿意；現在却不然了。那些社會上的糊塗蟲，非拿原書孤本這類鬼話嚇他們一下不可不然，他們正發了團圓迷，高君所補不够他們的一罵呢！（八月八日）

這是他更進一步的觀察，不但看出高鶚的個人，並且看出高鶚的環境了。他有了這一種的見解，所以他推論曹高二家的地位可說是極正確的。一個暑假裏，我們把通信論紅樓夢作爲正式的功課，興致高極了。平伯信中的話很可以見出這時的情狀，他說，

弟感病累日，頃已略瘳；惟煩憂不解，故尙淹滯枕褥間；每厭吾身之贅，嗟咤彌日，不能自已。來信到時，已殆正午，弟猶昏昏然偃臥。發函雒誦，如對良友，快何如之！推衾而起，索筆作答，病殆已霍然矣。吾兄此信眞藥石也，豈必杜老佳句方愈瘧哉！（六月十八日）

又說，

京事一切沈悶，（新華門軍警打傷教職員，）更無可道者；不

如劇談紅樓爲消夏神方，因每一執筆必奕奕如有神助也。日來與兄來往函件甚多，但除此以外竟匙道及餘事者，亦趣事也。（同上）

有了這樣的興致，所以不到四個月，我們的信稿已經裝釘了好幾本。末了，平伯又提議一個大計畫，他想和我合辦一個研究紅樓夢的月刊，內容分論文，通信，遺著叢刊，板本校勘記等；論文與通信又分兩類，（1）把歷史的方法做考證的，（2）用文學的眼光做批評的。他願意把許多紅樓夢的本子聚集攏來校勘，以爲校勘的結果一定可以得到許多新見解。假使我和他都是空閒着，這個月刊一定可以在前年秋間出版了，校勘的事到今也可有不少的成績了。但一開了學，各有各的職務，不但月刊和校勘的事沒有做，連通信也漸漸的疏了下來。

去年二月，蔡子民先生發表他對於紅樓夢考證的答辨，最奇怪的，這個答辨竟引不起紅學的重興，反而影響到平伯身上，使得他立刻囘復以前的興致，做成這部書。當時平伯看見了這篇，就在時事新報上發表一篇囘駁的文字。同時，他又寄我一信，告我一點大概；並希望我和他合做紅樓夢的辨證，就把當時的通信整理成為一部書，使得社會上對於紅樓夢可以有正當的瞭解和想像。我三月中南旋，平伯就於四月中從杭州來看我。我因為自己太忙，而他在去國之前尚有些空閒，勸他獨力將這事擔任了。他答應我囘去後立刻起草；果然他再到蘇州時，已經做成一半了。

夏初平伯到美國去，在上海候船，我去送他，那時他的全稿已完成了，交與我，囑我代覓鈔寫的人，並切囑我代他校勘。不幸我的祖母去世，悲痛之中，不復能顧及這些事情；雖是請人鈔錄，直等到近年底時方始鈔好，我一點也沒有校過。這時平伯又因病囘國了，我就把全稿寄囘北京，請他自校。現在出版有期，從此，我們前年的工作就得到一個着落，平伯辨證紅樓夢的志願已經達到一部分了。平伯將來如有閒暇，紅樓夢上可以着手的工作正多，集本校勘實在是最重要的一樁。從將來看現在，這一部書只算得他發表紅樓夢研究的開頭咧！

平伯在自序上說這書是我和他二人合做的，這話使我十分抱愧。我自知除了通信之外，沒有一點地方幫過他。他囑我作文，我沒有功夫；他託我校稿子，我又沒有功夫。甚至於囑我做序，從去年四月說起，一直到了今年三月，才因爲將要出版而不得不做；尙且給煩雜的職務逼住了，只得極草率地做成，不能把他的重要意思鉤提出來。我對他眞是抱歉到極步了！

我祝頌這部書的出版，能彀隨着紅樓夢的勢力而傳播得廣遠，我更祝頌由這部書而發生出來的影響，能彀依了我的三個願望：

第一，紅學研究了近一百年沒有什麼成績；適之先生做了紅樓夢攷證之後，不過一年，就有這一部系統完備的著作：這並不是從前人特別糊塗，我們特別聰穎，只是研究的方法改過來了。從前人的研究方法，不注重於實際的材料而注重於猜度力的敏銳，所以他們專歡喜用冥想去求解釋。猜度力的敏銳固然是好事體，但沒有實際的材料供牠的運用，也徒然成了神經過敏的病症；病症一天深似一天，眼睛裏只看見憧憧往來的幻象，反自以爲實際的事物，這不是自欺欺人嗎！這種研究的不能算做研究，正如海市蜃樓的不能算做建築一樣。所以紅學的成立雖然有了很久的歷史，究竟支持不起理性上的攻擊。我們處處把實際的材料做前導，雖是知道的事實很不完備，但這些事實總是極確實的，別人打不掉的。我希望大家看着這舊紅學的打倒，新紅學的成立，從此悟得一個研究學問的方法，知道從前人做學問，所謂方法實不成爲方法，所以根基不堅，爲之百年而不足者，毀之一旦而有餘。現在既有正確的科學方法可以應用了，比了古人眞不知便宜了多少；我們正應當善保這一點便宜，趕緊把舊方法丟了，用新方法去駕馭實際的材料，使得噓氣結成的仙山樓閣換做了磚石砌成的奇偉建築。

第二，紅樓夢是極普及的小說，但大家以爲看小說是消閒的，所謂學問，必然另有一種嚴肅的態度，和小說是無關的。這樣看小說，很容易養成一種玩世的態度。他們不知道學問原沒有限界，只要會做，無所往而不是學問；況且一個人若是肯定人生的，必然隨處把學問的態度應用到行事上，所以這一點態度是不可少的。這部書出版之後，希望大家爲了好讀紅樓夢而連帶讀牠；爲了連帶讀牠而能感受到一點學問氣息，知道小說中作者的品性，文字的異同，版本的先後，都是可以仔細研究的東西，無形之中，養成了他們的歷史觀念和科學方法。他們若是因爲對於紅樓夢有了正當的瞭解，引伸出來，對於別種小說以至別種書，以至別種事物，都有了這種態度了，於是一切『知其當然』一的智識都要使牠變成『知其所以然』的智識了，他們再不肯留下模糊的影像，做出盲從的行爲：這是何等可喜的事！

第三，平伯這部書大部分是根據於前年四月至八月的我們通信。若是那時我們只有口談，不寫長信，雖亦可以快意一時，究不容易整理出一個完備的系統來。平伯的瞭解高鶚續書的地位，差不多都出于我們的駁辨；若是我們只管互相附和，不立自己的主張，也不會逼得對方層層剝進。我們沒有意氣之私，為了學問，有一點疑惑的地方就毫不放過，非辨出一個大家信服的道理來總不放手，這是何等地快樂！辨論的結果，勝的人固是可喜，就是敗的人也可以明白自己的誤解，更得一個眞確的智識，也何等地安慰啊！所以我希望大家做學問，也像我們一般的信札往來，儘管討論下去，越是辨得凶，越有可信的道理出來。我們的工作只有四個月，成績自然不多；但四個月已經有了這些成績，若能繼續研究至四年乃至四十年，試問可以有多少？這一點微意，希望讀者采納我們自己曉得走的路很短，倘有人結了件侶，就我們走到的地方再走過去，可以發見的新境界必然很多，發見了新境界，必然要推倒許多舊假定，我們時常可以聽到諍言，自然是十分快幸；然而豈但是我們的快幸呢！

顧頡剛　一九二三，三，五。

紅樓夢辨 顧序

一六

引論

我從前不但沒有研究紅樓夢底興趣，十二三歲時候，第一次當他閑書讀，且並不覺得十分好。那時我心目中的好書，是西游三國蕩寇志之類，紅樓夢算不得什麼的。我還記得，那時有人告訴我姊姊說：『紅樓夢是不可不讀的！』這種『像煞有介事』的空氣，使我不禁失笑，覺得說話的人，他爲什麼這樣傻？

直到後來，我在北京畢業於北大，方才有些微的賞鑑力。一九二〇年，偕孟眞在歐行船上，方始劇談紅樓夢，熟讀紅樓夢。這書竟做了我們倆海天中的伴侶。孟眞每以文學的眼光來批評他，時有妙論，我遂能深一層了解這書底意義，價值。但雖然如此，卻還沒有系統的研究底興味。

歐游歸來的明年，——一九二一——我返北京。其時胡適之先生正發布他底紅樓夢考證，我友顧頡剛先生亦努力於紅樓夢研究；於是研究底意興方才感染到我。我在那年四月間給頡剛一信，開始作討論文字。從四月到七月這個夏季，我們倆底來往信札不斷，是興會最好的時候。頡剛啓發我的地方極多，這是不用說的了。這書有一半材料，大半是從那些信稿中採來的。換句話說，這不是我一人做的，是我和頡剛兩人合做的。我給頡剛的信，都承他為我保存，使我草這書的時候，可以參看。他又在這書印行以前，且在萬忙之際，分出工夫來做了一篇懇切的序。我對於頡剛，似乎不得僅僅說聲感謝。因為說了感謝，心中的情感就被文字限制住了，使我感到一種彷徨着的不安。頡剛兄！你許我不說什麼嗎？我蠢極了，說不出什麼來！

至於我大膽刊行這本小書，不羞自己底無力，這一段因緣，頡剛也代我申明了。他說：

『既有興致做，萬不可錯過機會；因爲你現在不做，出國之後恐不易做，至早當在數年以後了。

「這種文字，看似專家的考證，其實很可給一班人以歷史觀念。

『有了這篇文字，不獨使得看紅樓的人對於這部書有個新觀念，而且對於書中的人也得換一番新感情，新想象，從高鶚的意思，回到曹雪芹的意思。』（十一，四，七。）

但他這些過譽的話，我這小書是擔當不起的。我只希望紅樓夢辨刊行之後，漸漸把讀者底眼光移轉，使這書底本來面目得以顯露。雖他所謂從高鶚的意思，回到曹雪芹的意思，我也不能勝任，卻很想開闢出一條道路，一條還原的道路。我如能盡這一點小責任，就可以告無罪於作者，且可告無罪於頡剛了。小小的擔子，在弱者身上是重的，我恐不免摔一交啊！

這書共分三卷。上卷專論高鶚續書一事，因爲如不把百二十回與八十回分清楚，紅樓夢便無從談起。中卷專就八十回立論，并述我個人對於八十回以後的揣測，附帶討論紅樓夢底時與地這兩個問題。下卷最主要的，是考證兩種高本以外的續書。其餘便是些雜論，作爲附錄。

這書匆促中草就，雖經校訂，恐仍不免有疏漏矛盾之處，只好在再版時修正了。因原稿底草率，印行時文字殆不免有譌脫，這對於讀者尤覺得十分抱歉的。

一九二二，七，八，平伯記。

紅樓夢辨目錄

下卷

紅樓夢辨 目錄 四

紅樓夢辨上卷

（一）論續書底不可能

紅樓夢是部沒有完全的書，所以歷來人都喜歡續他。從八十回續下的，以我們現在所知道的已有三種：⑴高鶚續的四十回，即通行本之後四十回。⑵三十回的續書，原書已佚，作者姓名亦無考。⑶作者姓名及回目均無考，從後人底筆記上知道曾有這麼一本底存在。這三個本子，我在下邊，都有專篇去考證批評。至於從高本百二十回續下去的，如紅樓圓夢，綺樓重夢……却一時也列舉不盡，而且也沒有列舉底必要。我在這書中也不願加以論列，免得浪費筆墨。這類的續書，大約以紅樓復夢爲最早，且附有幾條凡例，略有些關係；我在最後有一篇附錄論及。還有一類續書是從(3)種，所謂舊時眞本續下去的，我却自己沒有見過，只聽得朋友述說而已。自(2)種續下的書，却自來沒聽人說及。

從高鶚以下，百餘年來，續紅樓夢的人如此之多，但都是失敗的。這必有一個原故，不是偶合的事情。自然，續書人底才情有限，不自量力，妄去狗尾續貂，是件普遍而眞確的事實，但除此以外，却還有根本的困難存在。不得全歸於「續書人才短」這個假定。我以爲凡書都不能續，不但紅樓夢不能續；凡續書的人都失敗，不但高鶚諸人失敗而已。

我深相信有這一層根本的阻礙，所以我底野心，僅僅以考證，批評，校勘紅樓夢而止，雖明知八十回是未完的書，高氏所續有些是錯了的，但決不希望取高鶚而代之，因爲我如有「與君代興」的野心，就不免自蹈前人底覆轍。我寧可刋行一部紅樓夢辨，決不敢草一頁的「續紅樓夢」。

如讀者覺得續書一事，並不至於這樣的困難，絕望，疑心我是「張大其詞」，那麼，我不妨給讀者諸君一個機會，去作小規模的試驗。如試驗成功，便可以推倒我底斷案。我們且不論八十回以後，應當怎樣地去續；在八十回中卽有兩節缺文，大可以去研究續補底方法。⑴第十六回秦鍾死時，這已在戚本紅樓夢補足了，我們可以不管。⑵第三十五回黛玉在院內說話，寶玉叫快請，下文便沒有了，到第三十六回，又另起一事，了不和這事相干。黛玉既來了，寶玉把她請了進來，兩人必有一番說話；但各本這節都缺，明係中有缺文待補。這不過一頁的文章，續補當然是極容易的，儘可以去試驗一下。如這節尙且不能續得滿意，那續書這件事，就簡直可以不必妄想了。

因爲前後文都有，所以這一段缺文底大意，並非全不可知的。我願意把材料供給願續書的人。上回寫寶玉挨打之後，黛玉來看他，只說了兩三句話，便被鳳姐來岔斷，黛玉含意未申，便匆匆去了。後來寶玉送帕子去，黛玉因情不自禁，題了三首詩。本回黛玉看衆人進怡紅院去，想起自己底畸零而感傷。紅樓夢寫釵黛喜作對文，寶釵看金鶯打絡子，已有了一段文字；則黛玉之來亦當有一段相當的文字。況且『通靈玉』是極重要的，寶釵底丫頭爲寶玉打絡子，爲黛玉所見，（依本回看，鶯兒正打絡，黛玉來了）必不能默然無言的。所以這次寶黛談話，必然關照到兩點：(1)黛玉應有以報寶玉寄帕之情，且應當有深切安慰寶玉之語。(2)黛玉見人打絡子，必然動問，必然不免譏諷嫉妬。

小小的一節文字，大意已可以揣摩而得，我竟一字不能下筆；更不用說八十回後如何續下去了。我底才短，自然是個原因，但決不是惟一的原因。我現在再從理論上申論續書底困難。先說一般續書底困難，然後再說到續紅樓夢底困難。

凡好的文章，都有個性流露，越是好的，所表現的個性越是活潑潑地。因爲如此，所以文章本難續，好的文章更難續。爲什麼難續呢？作者有他底個性，續書人也有他底個性，萬萬不能融洽的。不能融洽的思想情感，和文學底手段，卻要勉强去合做一部書，當然是個『四不像』。故就作者論，不但反對任何人來續他底著作，卽是他自己，如環境心境改變了，也不能勉强寫完未了的文章。這是從事文藝者底應具的誠實。

至就續者論，他最好的方法，是拋棄這個妄想；若是不能如此，便將陷於不可解决的困難。文章貴有個性，續他人底文章，却最忌的是有個性。因爲如表現了你底個性，便不能算是續作；如一定要續作，當然須要尊重作者底個性，時時去代他立言。但果然如此，阻抑自己底才性所長，而俛仰隨人，不特行文時如囚犯一樣，未免太苦，且卽使勉强成文，也只是『尸居餘氣』罷了。我們看高鶚續的後四十回，面目雖似，神情全非，眞是『可憐無補費精神』的事情！我從前有一信給頡剛，有一節可以和這兒所說對看：

『所以續書沒有好的，不是定說續書的人才情必遠遜於前人，乃因才性不同，正如其面，强而相從，反致兩傷。譬如我做一文沒有寫完，兄替我寫了下去，兄才雖勝於我，奈上下不稱何？若兄矜心學做我文，則必不如弟之原作明矣。此固非必有關於才性之短長。……』（十，十六，十八信。）

而且續紅樓夢，比續別的書，又有特殊的困難，這更容易失敗了。第一，紅樓夢是文學書，不是學術底論文，不能僅以面目符合爲滿足。第二，紅樓夢是寫實的作品，如續書人沒有相似的環境性情，雖極聰明，極審愼也不能勝任。譬如第三十五囘之末，明明短了一節寶黛對語；文字說的什麼事也可以知道，但我們心目中並無他倆底性格存在，所以一筆也寫不出他們倆應當說些什麼話，我們連一字也想不起來。文學不是專去敍述事實，所以雖知道了事實，也仍然不中用的。必得充分了解書中人底性格環境，然後方才可以下筆。但誰能有這種了解呢？自然全世界只有一個人，作者而已。再嚴格說，作者也只在一個時候，做書底時候。我們生在百年之後，想做這件事，簡直是個傻子。

高鶚亦是漢軍旗人，距雪芹極近，續書之時，尙且鬧得人仰馬翻，幾乎不能下臺。我們那裏還有續紅樓夢底可能？果然有這個精神，大可以自己去創作一部價值相等的書，豈不痛快些。高鶚他們因爲見不到此，所以摔了一交。我並不責備高氏底沒有才情，我只怪他爲什麼要做這樣傻的事情。我在下邊批評高氏，有些或者是過於嚴刻的；但讀者要知道這是續書應有的失敗，不是高氏一個人底失敗。我在給頡剛的一信中，曾對於高氏，作較寬厚的批評：

「但續作原是件吃力不討好的事，我也很不敢責備前人。若讓我們現在來續紅樓夢，或遠遜於蘭墅也說不定。……我們看高氏續書，差不多大半和原意相符，相差只在微細的地方。但是僅僅相符，我們並不能滿意。我們所需要的，是活潑潑人格底表現。在這一點上，蘭墅可以說是完全失敗。」（十，六，三十。）

高鶚底失敗，大概是如此，以外都是些小小的錯誤。我在下文，所以每作嚴切的指斥，並不是不原諒他，是因爲一百二十回本通行太久了，不如此，不能打破這因襲的籠統空氣。所攻擊的目標，却不在高氏個人。

這篇短文底目的：一則說明我寧寫定這一書而不願續紅樓夢底原因；二則爲高鶚諸君，作一個總辨解，聲明這並非他們個人底過失（那些妄人，自然不能在內）三則作『此路不通』的警告，免將來人枉費心力。

一二，六，十七。

（二）辨原本回目只有八十

我們要研究紅樓夢，第一要分別原作與續作；換句話說，就是先要知道紅樓夢是什麼。若沒有這分別的眼光，只渾淪吞棗的讀了下去，勢必被引入迷途，毫無所得。這不但研究紅樓夢如此，無論研究什麼，必先要把所研究的材料選擇一下，考察一下，方才沒有築室沙上的危險。否則題目先沒有認清，白白費了許多心力，豈不冤枉呢？

紅樓夢原書只有八十回，是曹雪芹做的；後面的四十回，是高鶚續的。這已是確定了的判斷，無可搖動。讀者只一看胡適之先生底紅樓夢考證，便可了然。卽我在這卷中下邊還有說及的；現在只辨明『原本回目之數只有八十』這一個判斷。

自從乾隆壬子程偉元刻的高鶚本，一百二十回本行世以後，八十回本便極少流傳，直到民國初年，有正書局把有戚蓼生底序的抄本八十回影印，我們方才知道紅樓夢有這一種本子。但當時並沒發生一點影響，也從沒有人懷疑到『原本究有多少回書』這一個問題。直到一九二一年四月，胡適之先生發表他底一文，方才惹起注意，而高氏續書這件事實方才確定。

但胡先生在當時因程偉元底話，並不因此否定後四十回之目底存在。程偉元底紅樓夢序上說：

『然原本目錄一百二十卷，今所藏祇八十卷，殊非全本。……

不佞以是書既有百二十卷之目，豈無全璧？……」

胡先生在紅樓夢考證初稿裏說：（附亞東本紅樓夢卷首）

「當日鈔本甚多，若各本眞無後四十回的目錄，程偉元似不能信口胡說。因此，我想當時各鈔本中大概有些是有後四十回目錄的。」

但他在原文改定稿中却表示懷疑，略引我底話作說明。可見胡先生也有點不信任程偉元底序文了。（見胡適文存卷三）

我告訴諸君，程偉元所說的全是鬼話，和高鶚一鼻孔裏出氣，如要作紅樓夢研究，萬萬相信不得的。程氏所以這樣地說，他並不是有所見而云然，實在是想「冒名頂替」，想把後四十回抬得和前八十回一樣地高，想使後人相信四十回確是原作，不是蘭墅先生底大筆。這彷彿上海底陸稿荐，一個說『我是眞正的，』一個說『我是老的，』一個說『我是眞正老的，』正是一樣的把戲。

原來未有一百二十回本以前，先已有八十回鈔本流傳。高鶚說：

『予聞紅樓夢膾炙人口者幾廿餘年，然無全璧，無定本。向曾從友人處借觀，竊以染指嘗鼎爲憾。今年春，友人程子小泉過予，以其所購全書見示……』（高本自序）

這所以賜教我們的，明顯的有好幾點：(1)他沒有續書以前，紅樓夢已盛行二十餘年了。(2)流行的鈔本極多，極雜，但都是八十回本，沒有一部是完全的。(3)這種八十回鈔本，高氏曾經見過，很有憾惜書不完全之意。(4)直到一七九一年春天，他方才看見全書，實在是到這時候，他方續好。

既在高程兩人未刊行全書以前，社會上便盛行八十回本的紅樓夢；

這當然，百二十回本行世不免有一點困難。而且後四十回，專說些殺風景的話，前途底運命尤覺危險。因這兩重困難，程高二位便不得不掉一個謊。於是高氏掩飾續書之事，歸之於程偉元；程氏又歸之於『破紙堆中』『鼓擔上。』但這樣的奇巧事情，總有些不令人相信。那就沒有法子，程偉元只得再造一個謠言，說原本原有一百二十回底目錄。看他說『既有百二十卷之目，豈無全璧？』他底掉謊底心思——爲什麼掉謊——昭然若揭了！

而且這個謊，掉得巧妙得很，不知不覺的便使人上當。一則當時鈔本既很龐雜，沒有定本，程偉元底謊話一時不容易對穿。譬如胡先生就疑心當時鈔本既很多，或者有些是有百二十回底目錄的。這正是有人上程氏底當一個例子。二則高作四十回，與目錄是一氣呵成的，明眼人一看，便知道決非由補綴湊合而成。如承認了後四十回底目錄是原有的；那麼，就無形地得默認後四十回也是原作了。到讀者這樣的一點頭，高鶚和程偉元底把戲，就算完全告成。他們所以必先說目錄是原有的，正要使我們承認『本文是原作』這句話，正是要掩飾補書底痕跡，正是要借作者底光，使四十回與八十回一起流傳。

果然，這個巧妙的謊，大告成功。讀者們輕輕地被瞞過了一百三十年之久，在這一時期中間，續作和原作享受同樣的崇仰，有同廣大的流布。高氏眞是撒謊的專家，眞是附驥尾的幸運兒。他底名姓雖不受人注意；而著作却得了十倍的聲價。我們不得不佩服程高兩位底巧於作僞，也不得不怪詫一百三十年讀者底沒有分析的眼光。（例外自然是有的）

但到一九二一以後，高鶚便有些倒霉了，他撒的大謊也漸漸爲人窺破，立脚不住，不但不能冒名頂替，且每受人嚴切的指斥。俗語說得好：『若要人勿知，除非己莫爲。』天下那裏有永不插穿的西洋鏡！

我在未辨正四十回底本文以先，卽要在回目上面下攻擊；因爲回目和本文是相連貫的，若把回目推翻了，本文也就有些立脚不住。從程高二人底話看作僞底痕跡雖然可見；但這些總是揣想，不足以服他們底心。我所用的總方法來攻擊高氏的，說來也很簡單，就是他旣說八十回和四十回是一人做的，當然不能有矛盾；有了矛盾，就可以反證前後不出於一人之手。我處處去找前後底矛盾所在，卽用八十回來攻四十回，使補作與原作無可調和，不能兩立。我們若承認八十回是曹雪芹做的，就不能同時承認後四十回也是他做的。高鶚喜歡和雪芹併家過日子，我們却强迫他們分居，這是所謂對症下藥。

我研究紅樓夢，最初便懷疑後四十回之目。寫信給頡剛說：「後四十回不但本文是續補，卽回目亦斷非固有。』（十，四，二十七。）後來頡剛來問我斷論底依據，我回他一封信上舉了三項⑴後四十回中寫寶玉結局，和回目上所標明的都不合第一回中自叙底話。而紅樓夢確是一部自傳的書。⑵史湘雲底丟却第三十一回之目沒有關照。⑶本文未成，回目先具，不合作文時底程序。（十五，四。）

⑴⑵兩節所說，現在看來，尚須略加修正，且留在下面說。⑶節的話，引錄如下：

「我們從做文章底經驗，也可以斷定回目係補作的。因爲現在已證明四十回之文非原有的，我們也可以推想得出回目底眞假。一篇文字未落筆之先，自然有一個綱要，但這個大抵是不成文的，卽使是成文，也是草率的。眞正妥當的節目底編製，總在文字寫定之後。雪芹既無後四十回之文，決不會先有粲若列眉，對仗工整的後四十回之目。先有確定成文的題目，然後依題做文章，在考場中有之。而在書室中做文底程序，應是：

概括草率的綱要—文字—成文固定的節目。

若使回目在前，文字在後，簡直是自己考試自己，車兒在馬前了。

我想，有正書局印行的抄本八十回後無文無目，卻是原書底眞面目。」

這些話雖不是重要，卻也是就情理推測的，可以作主要證據底幫助。現在說到正面的攻擊文字。因有許多議論批評的話，將在本卷以下各篇，及中卷內詳說。這裏只簡單地舉出證據，使讀者一目了然矛盾之所在，而深信回目不是原作所有。這樣，已盡本篇應有的職責，至於高作底詳細批評，已在下面另有專篇，這裏不複說一遍了。

最顯明的矛盾之處，是寶玉應潦倒，而目中明寫其『中鄉魁；』賈氏應一敗塗地，而目中明寫其『延世澤；』香菱應死於夏金桂之手，而目中明寫『金桂自焚身。』其餘可疑之處尙多，現在先把這最明白的三項，列一對照表，以便參閱：

曹雪芹底話	高鶚所補的回目
風塵碌碌，一事無成， 一技無成，半生潦倒， 自己無才，不得入選， 當此蓬牖茅椽，繩床瓦竈， （以上均見第一回，）	寶玉中鄉魁 （第一百十九回）

貧窮難耐淒涼。（第三回寶玉贊）	復世職政老沐天恩（第一百七回）
運終數盡，不可挽回。（第五回寧榮二公語）	沐皇恩賈家延世澤（第一百十九回）
自殺自滅，一敗塗地。（第七十四回探春語）	
自從兩地生孤木，致使芳魂返故鄉。（第五回香菱冊詞）	施毒計金桂自焚身（第一百三回）

這可以不必再加什麼說明，矛盾的狀況已顯然呈露。若說四十回之目是原有的，請問上表所列，應作何解釋？作者底疏忽決不至此；因這類衝突實

在太凶了，決非疏忽所可以推諉的。若果然是由於疏忽，這也未免太疏忽了。且又何以解於紅樓夢八十回這樣的精詳細密？我們能相信紅樓夢作者疏忽到如此程度嗎？

我給頡剛信中所述的第二項，這兒沒有列入表中。因爲「白首雙星」一回，下半部雖沒有照應，但只可以證四十回是續書，不足以充分證明回目底非原作。我在那時把「白首雙星」解得太拘泥了，疑惑作者意在寫寶玉湘雲成婚，以金麒麟爲伏脈。我實在不甚了解，「因麒麟伏白首雙星，」究竟是怎麼一回事情？所以在那信上說：

「這回之目怎樣解法？何謂因？何謂伏？何謂雙星？在後四十回本文中，回目中，有一點照應沒有？」（十，十五，四。）

我那時胸中只有寶湘成婚這一種解釋，所以斷定後四十回之目既沒有照應，便是高鶚補的。（如寶湘成婚非見回目不可）自從發見了後三十回本的紅樓夢，得了一種新想象新解釋，湘雲底結局，即不嫁寶玉，也可以照顧到這回底暗示；那麼，從這一點論，可謂對於回目無甚關係了。（湘雲與他人成婚，本可以不見回目的）既無甚關係，在這節中，當然宜從刪削。關於湘雲底結局這個問題，下數篇中尙須詳說一番。

在那信上還有一層意思，也在這裏被我削去。我從前以爲寶玉應終於貧窮，不見有出家之事，所舉的證據是：

(1)雪芹即是寶玉，雪芹無出家之事。

(2)第一回中有『晨風夕月階柳庭花』諸話，不是出家人底光景。

(3)第三回贊寶玉『有貧窮難耐淒涼』之語。若甘心出家，何謂『難耐淒涼』乎?

而高作第一百十九囘明有『寶玉却塵緣』之文;故當時以爲這也是『囘目是續的』一個佳證。後來我被頡剛『貧窮之後也許眞是出家』一語勸服,便不以高氏寫此點爲甚謬。但第一百十六囘,『得通靈幻境悟仙緣,』却始終以爲是要不得。寶玉卽使出家,也決不會成仙,這從第一囘中語可以看出。這囘有補綴底痕跡,却也明顯。

以外,第一百九囘之目,稍有些可疑。高本八十囘中,雖沒寫柳五兒之死,但戚本却明明敍出,她是死了。如依戚本爲正,那麽所謂『五兒承錯愛』又是一點大破綻。高本自身雖幸免矛盾,但也許因他要補這一節文字,所以把五兒之死一節原文删了,也說不定的。我在這裏,又不免表示一點疑惑。

我們以外不必再比附什麼，卽此爲止，已是證明「回目是經過續補的」這個斷語。而且回目底續下，定是從八十一回起筆的，不是從八十回，也不是從八十二回。我們且不管以外的證據，如戚蓼生，程偉元，張船山他們底話，只就本書論本書，已足證「原本回目只有八十」這個命題而有餘。我對頡剛說：

「我們很相信雪芹卽寶玉，無論寶玉或出家，或窮困潦倒，總沒有做舉業，登黃甲，這是無可疑的；因爲既可以找雪芹實事做傍證，又可以把本書原文做直證。既已絕對否認這個，因之我們也該絕對的否認現存後四十回目是原來的。這不但是「中鄉魁」露了馬脚，在緊接原書之第一回，卽第八十一回已如此。續書第一回就說「奉嚴詞兩番入家塾，」這明是高鶚先生底見解來了，所以終之以「中鄉魁」「延世澤」等等銅臭話頭。」

（十，六，九）

入家塾，即是爲中舉底張本。中舉一事非作者之意，因之入家塾一事亦非作者之意。第八十一回之目，既已不合作者之意，可見八十一回以後各回之目都是高氏一手續的。換句話說，便是原本底回目，只有八十；亦不多一回，多一回已八十一了，亦不少一回，少一回只七十九了。重言以申明之，原本回目，與本文相同，都只有八十之數。程偉元高鶚兩人底話，全是故意造謠，來欺罔後人的。

（二二，六，一九。）

（三）

高鶚續書底依據

我們既已知道現行本底後四十回底本文回目都是高鶚一手做的；就可以進一步去考察這四十回底價值。從偏好上，我對於高作是極不滿意的，但却也不願因此過於貶損他底應得的地位。我不滿意於高作底地方，在下篇詳論。現在先從較好的方面着筆，就是論高氏底審愼，他續書底依據所在。

在未說以前，我不能不聲明一下。我非高鶚，不能知道他當時下筆底光景；換句話說，我所沒找着的，不能就武斷他沒有依據，只可以說我們不知道有什麼依據罷了。可找着的依據，自然都在原書八十回內；但因我底疏漏，未必能全舉出，讀者只可以當作舉例看。

最初，頡剛是極賞識高鶚的。他說：「我覺得高鶚續作紅樓夢，他對於本文曾經細細地用過一番功夫，要他的原文恰如雪芹底原意。所以凡是末四十回的事情，在前八十回都能找到他的線索。……我覺得他實在沒有自出主意，說一句題外的話，只是為雪芹補苴完工罷了！」

（十，五，十七信。）

他底話雖然有些過譽，但大體上，也是很確的。高鶚補書，在大關節上實在是很子細，不敢胡來。即使有疏忽的地方，我們也應當原諒他。況且他能為紅樓夢保存悲劇的空氣，這尤使我們感謝。這點意思，已在紅樓夢底風格一節文中說及了。

我們現在從實際上看他續書底依據是什麼？我先舉幾件，在後四十回的犖犖大事試去推究一下。

（A）寶玉出家。

(1)空空道人遂因空見色，……自色悟空；遂改名情僧，改石頭記爲情僧錄。（第一回）

(2)甄士隱聽了好了歌，隨着跛足道人飄飄而去。（同上）

(3)賈雨村遊智通寺，門旁有一副對聯，聯是『眼前無路想回頭。』雨村想道『……其中想必有個翻過筋斗來的也未可知……』走入看時，只見一個龍鍾老僧在那裏煑飯（第二回）

(4)警幻說『或冀將來一悟未可知也。』『快休前進，作速回頭要緊！』（第五回）

(5)『說不得橫了心只當他們死了，橫豎自家也要過的；如此一想，却倒毫無牽掛，反能怡然自悅。』（第二十一回）

(6)第二十二回之目是『聽曲文寶玉悟禪機』。。。。

(7)寶玉道：『什麼大家彼此！他們有大家彼此，我只是「赤條條無牽掛」的！』言及此句，不覺淚下。他占偈道：『是無有證，斯可云證。無可云證，是立足境。』他做的一支寄生草是：『肆行無礙憑來去茫茫着甚悲愁喜？紛紛說甚親疏密？從前碌碌却因何？到如今，回頭試想眞無趣！』（第二十二回）

(8)和尙念的詩是：『沉酣一夢終須醒，寃債償淸好散場！』（第二十五回）

(9)黛玉道：『我死了呢？』寶玉道：『你死了，我做和尙。』（第

三十回）

(10)寶玉笑道：『你死了，我做和尚去』（第三十一回）

(11)寶玉默默不對。自此，深悟人生情緣，各有分定，只是每每暗傷，不知將來葬我灑淚者爲誰？（第三十六回）

(B)寶玉中舉。

(1)『嫡孫寶玉一人，聰明靈慧，略可望成。』（第五回）

(2)衆清客相公們都起身笑道：『今日世兄一去，二三年便可顯身成名的了！』（第九回）

(3)黛玉笑道：『好！這一去可是要蟾宮折桂了』（同）

按，這是高鶚底誤會。第五回所引文下，尙有『吾家數運合終』一語，可見上邊所說是反語。第九回清客們底話，隨口點染，並無甚深義的。至於黛玉底話，也是讖諷口吻。頡剛說：『其實這一句也不過是黛玉習常的讖諷口吻，作者未必有深意。要是這句作準，那第十八回裏，寶釵也對寶玉說：「虧你今夜不過如此，將來金殿對策，你大約連趙錢孫李都忘了呢！」也可以算寶玉去會試了。』」（十，十五，十七信。）

(C)賈氏抄家。

(1)『陋室空堂，當年笏滿牀；衰草枯楊，曾爲歌舞場。蛛絲兒結滿雕梁，綠紗今又糊在蓬窗上。』『因嫌紗帽小，致使鎖枷扛。』（第一回）

(2)偶遇榮寧二公之靈，囑吾云：『吾家自國朝定鼎以來，功名奕世，富貴流傳，已歷百年，奈運終數盡，不可挽回。』（第五回）

(3)秦氏道：『常言「月滿則虧，水滿則溢；」又道是「登高必跌重。」如今我們家赫赫揚揚，已將百載；一日倘或樂極生悲，若應了那句「樹倒猢猻散」的俗語，豈不虛稱了一世詩書舊族了！』『便是有罪，他物可入官，這祭祖產業，連官也不入的。』（第十三回）

(4) 探春道：『你們別忙，自然連你們抄的日子有呢你們今日早起，不曾議論甄家，自己家裏好好的，——抄家，果然眞抄了。偺們也漸漸的來了。』（第七十四回。這回之目是『抄檢大觀園』）

(5)『纔有甄家的幾個人來，還有些東西，不知是做什麼機密事。』尤氏聽了道：『甄家犯了罪，現今抄沒家私，調取進京治罪，怎麼又有人來？』老媽媽道：『纔來了幾個女人，氣色不成氣色，慌慌張張的，想必有瞞人的事。』（第七十五回）

(6)王夫人說甄氏抄家事，賈母甚不自在。(同)

(7)第七十五回之目是『異兆發悲音』。本文上說：『忽聽那邊牆下有人長嘆之聲。大家明明聽見，都毛髮竦然。……恍惚聞得祠堂內槅扇開闔之聲，只覺得陰氣森森，比先更覺悽慘起來。』

高鶚補抄家一節文字，本此。他寫寧府全抄了，也本此。紅樓夢寫寧國府底腐敗，極有微詞，將來自應當有一種惡結果。且『樹倒猢猻散』『有罪家產入官』一說在秦氏口中。甄家被抄事，又從尤氏一方面聽來。異兆發悲音，又專被賈珍他們聽見。再證以第五回，『造釁開端實在寧』等處，可見將來被禍，寧府尤烈。高氏寫此等處非無根据，但到末尾數回，自己完全推翻了上邊所說的，實在是他底大錯。

(D)賈氏復興。

(1)『昨憐破襖寒，今嫌紫蟒長。』（第一回）

(2)秦氏冷笑道：『否極泰來，榮辱自古周而復始……』（第十三回）

我所找着的，可以替他作辨護，只有這兩條。而其實都靠不住。(1)或指一人一事而言，未必是說賈氏復興，我疑心是指李紈賈蘭底事情。(2)秦氏所說，正是反話，所以在下邊緊接一句，『豈人力所能常保的？』她又說：『萬不可忘了那盛筵必散的俗語。』可見她無非警告鳳姐，處處預作衰落時底打算，不致將來一敗而不可收拾，並非作什麼預言家。後來因鳳姐毫不介意，且更威福自恣，以致一敗塗地，應了榮寧兩公底『運終數盡』的話。高鶚把這個看得太拘泥了，不恤忽略書中以外的許多暗示，這一點上，我不願意爲他辨護。他爲什麼要如此續在下篇再論。

(E)黛玉早死。

(1)『昨日黃土隴頭堆白骨……』(第一回)

(2)和尚說：『……只怕他的病，一生也不能好的！』(第三回)

(3)『欠淚的，淚已盡』(第五回)

(4)黛玉道：『我作踐了我的身子，我死我的！……偏要說死！我這會就死！……正是了；要是這樣鬧，不如死了乾淨！』『死活憑我去罷了！』(第二十回)

(5)黛玉續偈說：『無立足境，方是乾淨！』(第二十二回)

(6)葬花詩上說『紅消香斷有誰憐？……桃李明年能再發，明年閨中知有誰？……却不道人去樑空巢亦傾！……明媚鮮妍能幾時？一朝飄泊難尋覓。……天盡頭，何處有香丘？未若錦囊收豔骨，一坏淨土掩風流。……未卜儂身何日喪，儂今葬花人笑癡，他年葬儂知是誰？試看春殘花漸落，便是紅顏老死時，一朝春盡紅顏老，花落人亡兩不知！』（第二十七回）

(7) 林黛玉的花顏月貌，將來亦到無可尋覓之時，（第二十八回。）

(8)『況近日每覺神思恍惚，病已漸成。醫者更云：「氣弱血虧，恐致勞怯之症。」我雖爲你知己，但恐不能久待；你縱爲我知己，奈我薄命何！』（第三十二回）

(9)『那黛玉還要往下寫時，覺得渾身火熱，面上作燒。……只見腮上通紅，眞合壓倒桃花，却不知病由此深。』（第三十四回）

(10) 黛玉近日又復嗽起來，覺得比往常又重。寶釵來望她，黛玉道：『不中用，我知道我的病是不能好的了。』『生死有命，富貴在天，也不是人力可强求的。今年比往年反覺又重些似的！』說話之間，已咳嗽了兩三次。（第四十五回）

(11)黛玉抽着的詩籤，是一枝芙蓉花，題着『風露清愁，』有一句詩，道是：『莫怨東風當自嗟。』（第六十三回）

(12)黛玉做的柳絮詞，有『飄泊亦如人命薄，空繾綣，說風流！』（第七十回）

(13)黛玉和湘雲聯句有『冷月葬詩魂』之句。湘雲道：『只是太頹喪了些。你現病着，不該作此淒清奇譎之語。』（第七十六回）

(14)妙玉笑道：『有幾句雖好，只是過於頹敗淒楚。此亦關於人

之氣數而有……』(同)

(15)黛玉嘆道：『我睡不着，也並非一日了！大約一年之中，通共也只好睡十夜滿足的！』湘雲道：『你這病就怪不得了！』

(16)寶黛推敲晴雯誄中底字句寶玉說：『莫若說「茜紗窗下，我本無緣；黃土隴中，卿何薄命！」』黛玉聽了，陡然變色。雖有無限狐疑，外面卻不肯露出。（第七十九回）

這不過隨便繙檢着，可舉的已有十六條之多。如子細尋去，八十回中暗示黛玉之死，恐怕還多着呢。高鶚補書，以事蹟論自然不算錯；只是文章不見高明，這也容我在下篇批評。

(F)寶釵與寶玉成婚。

(1)紅樓夢曲——「都道是金玉良緣，……空對着山中高士

晶瑩雪，……縱然是齊眉舉案，到底意難平！』（第五回）

(2)第八回高本底回目，是『賈寶玉奇緣識金鎖，薛寶釵巧合認通靈。』

(3)同回寶玉到寶釵處，寶釵看他底那塊玉，口裏念道：『莫失莫忘，仙壽恆昌。』……鶯兒嘻嘻的笑道：『我聽這兩句話，倒像和姑娘項圈上的兩句話是一對兒！』寶玉拿寶釵底項圈看，是『不離不棄，芳齡永繼，』因笑問：『姐姐，這八個字倒與我的是一對兒！』

(4)誰想賈母自見寶釵來了，喜他穩重和平……』（第二十二回）

(5)宮中所賜端午節物，獨寶釵和寶玉一樣。

(6)寶玉聽黛玉提出『金玉』二字，不覺心裏疑猜。

(7)寶釵因有，『金鎖是和尚給的，等日後有玉的方可結爲婚姻。』等語，所以總遠着寶玉。

(8)寶玉忽然想起，『金玉』一事來，再看寶釵形容比黛玉另有一種嫵媚風流，不覺就呆了。（以上四條，均見第二十八回）

(9)薛蟠說：『從前媽媽和我說：你這金，要揀有玉的纔可配』（第三十四回）

(10)賈母道『提起姊妹們，……都不如寶丫頭』（第三十五回）

(11)寶玉笑道：『……明兒不知那一個有福的消受你們主兒兩個呢！』見鶯兒嬌腔宛轉，語笑如癡，早不勝其情了，那堪更提

起寶釵來！（同回）

(12)第三十六回之目是：『繡鴛鴦夢兆絳芸軒』事蹟是寶玉睡了，寶釵代襲人繡他兜肚上底鴛鴦，寶玉在夢裏喊駡『什麼金玉姻緣！』

(13)王夫人託寶釵照應家務說：『好孩子，你還是個妥當人，……你替我辛苦兩天，照看照看。』（第五十五回）

(14)寶釵做的柳絮詞是：『……好風憑借力，送我上青雲。』（第七十回）

以外提金玉之處尚多，零零散散，一時也舉不盡。雖然寶釵寶玉成婚，另有多少困難，不易解決，但我們看了這些證據，就不得不承認作者或有使釵玉團圓這個意思。若我們要做翻案文字，就先得要把這些暗示另換一個解釋，而且是很自然，清楚，不牽强的解釋。這當然是極不容易的事。某補本底作者使寶釵早卒，不知是怎樣寫法的？懸揣起來要處處爲作者圓謊，恐怕不很可能。高鶚在這一點上，我也不敢輕菲薄他。

（G）寶釵守寡——寶玉棄她而出家，

（1）薛姨媽道：『姨媽不知寶丫頭古怪呢，他從來不愛這些花兒粉兒的』（第七回）

（2）寶釵念支寄生草與寶玉聽，內有『沒緣法，轉眼分離乍，赤條條，來去無牽掛』之語。後來寶玉就因此『悟禪機』（第二十二回）

（3）寶釵底燈謎是：『梧桐葉落分離別，恩愛夫妻不到冬。』（同回，戚本不作此。）

(4)賈政忖道：『……看來皆非福壽之輩，』（同回）

(5)寶釵聽見寶玉在夢中喊駡說：『和尙道士的話，如何信得；什麼金玉姻緣，我偏說木石姻緣』寶釵不覺怔了。（第三十六回）

(6)寶釵房中布置得十分樸素。賈母說：『使不得。……年輕的姑娘們，房裏這樣素淨，也忌諱。……』（第四十回）

高鶚補寶玉娶寶釵後做和尙這段文字，正本此。

(H)黛死釵嫁在同時。

(I)『昨日黃土隴頭堆白骨，今宵紅綃帳裏臥鴛鴦。』（第一回，好了歌注。）

我以前不懂高氏爲什麼定要把事情寫得如此淋漓盡致，定要說『當時黛玉氣絕，正是娶寶釵這個時辰？」（第九十八回）現在才恍然了。這兩句話，是否應作這般解釋，這是另一問題了。

（Ⅰ）元春早卒。

(1)元春底册詞說：『二十年來辨是非，……虎兕相逢大夢歸。』

(2)紅樓夢曲恨無常折中說：『喜榮華正好，恨無常又到。……兒命已入黃泉，天倫啊！須要退步抽身早。』（均見第五回）

(3)鳳姐夢可卿同他說：『眼前不日又有一件非常喜事，眞是烈火烹油，鮮花着錦之盛；要知道也不過是瞬息的繁華，一時的歡樂，……』（第十三回）

(4)元妃底燈謎是：『……一聲震得人方恐，回首相看已化灰。』（第二十二回）

高鶚補元春事完全根據在此。所以寫賈母夢見元春，她還勸賈母，『榮華易盡，須要退步抽身。』（第八十六回）高氏又明叙元春死在甲寅年十二月十九日，而十二月十八日立春，已交卯年寅月。這明是比附『虎兕相逢』了。（第九十五回）

（J）探春遠嫁。

(1)她底册子，畫着兩人放風箏，一片大海，一隻大船，船上有一女子，掩面泣涕之狀。詩云『……清明涕送江邊望，千里東風一夢遙。』

(2)紅樓夢曲分骨肉，折云：『一帆風雨路三千，把骨肉家園齊來拋閃。……自古窮通皆有定，離合豈無緣？從今分兩地，各自保平安。』

(3)她底燈謎是風箏詞曰：『……遊絲一斷渾無力，莫向東風怨別離。』（第二十二回）

(4)她做的柳絮詞，是半首南柯子，是『……也難綰繫也難羈，一任東西南北各分離。』（第七十回）

這很明顯，高氏寫探春嫁在海疆，係從冊子上看來的。（第一百十六回，寶玉重見冊子，影影有一個放風箏的人兒。）但在第一百十九回上，寫他歸寧一次，實在是『畫蛇添足』大可不必。總之，高氏不善寫述悲哀這個毛病，到處都流露着。【注一】

(K)迎春被蹧蹋死。

(1)冊子畫一惡狼，追撲一美女有欲啖之意，詞曰：『子係中山狼，得志便猖狂。金閨花柳質，一載赴黃粱！』（第五回）

(2)曲子裏也說：『……嘆芳魂豔魄，一載蕩悠悠。』（同）

(3)第八十回寫迎春歸寧，在王夫人房中哭訴一節文字。

所以高氏在第一百九回上寫迎春說：『可憐我只是沒有再來的時候了！』又明敘結婚年餘，被孫家搓磨，以致身亡。這兒所謂年餘，正與冊子曲子上底一載相映射。

(L)惜春爲尼。

(1)冊子中『一所大廟，裏面有一美人在內看經獨坐。其判云：「勘破三春景不長，緇衣頓改昔年妝。可憐繡戶侯門女，獨臥青燈古佛旁！」』

(2)曲子中虛花悟折，『將那三春看破，……聞說道，西方寶樹喚婆娑，上結着長生果。』（均見第五回）

(3)周瑞家的到惜春處。惜春笑道：『我這裏正和智能兒說，我明兒也剃了頭，同他作姑子去。……』（第七回）

(4)尤氏笑道：『這會子又做大和尚，又講起參悟來了。』『可知你眞是心冷嘴冷的人。』惜春道：『怎麼我不冷！……』（第七十四回）

(5)探春道：『這是他向來的脾氣，孤介太過，我們再扭不過他的。』（第七十五回）

以外如有正本上底惜春一謎，當然不得爲高氏所依據。高氏寫寶玉重游太虛幻境以後，惜春爲尼之時，寶玉重述册子語一次，尤爲這是他補書底依據底明證。（第一百十八回）後來惜春住在櫳翠庵，大約是想應合那册子上底大廟了。（第一百二十回）但櫳翠不過是點綴園林的一個尼庵，似乎不可以說是大廟。高氏在這一點上，也遠不如後三十回底作者，寫得這般痛快。

（M）湘雲守寡。

⑴冊子上畫着幾縷飛雲，一灣逝水，其詞曰：『……展眼弔斜暉，湘江水逝楚雲飛。』

⑵曲子樂中悲折，『……廝配得才貌仙郎，……終久是雲散高唐，水涸湘江。……』

高氏對於這兩條不但誤解了，且所補湘雲傳，亦草率之至。他只用『姑爺很好，爲人又和平』等語，（第一百六回）來敷衍曲子上底『廝配得才貌仙郎。』又說她丈夫成了癆病，（第一百九回）後來死了，湘雲立志守寡；（第一百十八回）就算應合『雲散水涸』了。至於金麒麟這一段公案幾乎一字不提。郎在第八十三回，周瑞家的和鳳姐，談了半天金麒麟，也並無關於湘雲底姻緣。所以高氏寫湘雲，幾乎是無所依据。

（N）妙玉被汚。

⑴冊子上畫着一塊美玉，落在汚泥之中。詞曰：『欲潔何曾潔，云空未必空。可憐金玉質，終陷淖泥中！』

⑵曲子中世難容，『……却不知好高人愈妒，過潔世同嫌。……到頭來，依舊是風塵骯髒，違心願；好一似無瑕白璧遭泥陷，……』（均見第五回）

高鶚在第一百十二回，寫妙玉被人輕薄，本此。但他只寫她不知所終，雖在第一百十七回，隱隱約約地說她被殺，也只是『夢話』罷了。他又何嘗能充分描寫出所謂『風塵骯髒違心願』呢？凡看到這些地方，我總覺得後四十回只是一本帳簿。卽使處處有依據，也至多不過是本很精細的帳簿而已。

(〇)鳳姐之死。

(1)她底册詞說：『……哭向金陵事更哀！』

(2)曲子上說：『……反算了卿卿性命……終有個家亡人散各奔騰；……』(均第五回)

(3)八十回內寫她貪財放債，逼害人命，有好幾處。(如第十五回，第十六回，第六十九回，第七十二回等等。)

高鶚因此寫鳳姐家私以重利盤剝故被抄；(第一百五，一百六回)又寫賈璉後來和她感情淡薄。第一百六回賈璉啐道：『……我還管他麼！』第一百十三回，『看着賈璉並不似先前的恩愛，……竟像不與他相干的。』

在她臨死的時候又寫：『璉二奶奶說些胡話，要船要轎的，說「到金陵歸入冊子去。」』襲人又和寶玉明提冊子，可見是受『哭向金陵事更哀』這句話底暗示（所引見一百十四回）高氏如此寫『返金陵』自然是胡鬧；況且冊子上還有一句，『一從二令三人木，』他又如何交代？

（P）巧姐寄養於劉氏。

(1)她底冊子是一座荒村野店，有一美人在那裏紡績，其判曰：『勢敗休云貴，家亡莫論親，偶因濟劉氏，巧得遇恩人。』

(2)曲子留餘慶折云『留餘慶，留餘慶，忽遇恩人，……幸娘親積得陰功。……休似俺那愛銀錢忘骨肉的狠舅奸兄』（均第五回）

(3)劉老老命她底名為巧姐兒；又說，『……或有一時不遂心的事，必然遇難成祥，逢凶化吉，都從這「巧」字兒來』（第四

十二回）

後四十回，巧姐底結局，全本此因畫上有荒村野店美人紡績；所以後來嫁給一莊家人姓周的。（第一百十九，第一百二十回）因爲有『家亡莫論親』及『愛銀錢忘骨肉的狠舅姦兄』所以寫巧姐將爲王仁（狠舅，）賈環，賈芸（姦兄）等所盜賣，而他們所以要如此辦，因爲外藩肯花銀子。（第一百十八，第一百十九回）因爲明敍『濟劉氏，』『積陰功，』『留餘慶，』『巧得遇恩人，』『逢凶化吉，遇難成祥，』等語；所以巧姐被劉氏救去，依然父女團圓，夫妻偕老。（第一百十九，第一百二十回）高氏補巧姐傳，可謂一句題外的話也沒有說，只是文筆拙劣，敍述可笑罷了。

（Q）李紈因賈蘭而貴。

（1）賈蘭年方五歲，已入學攻書，李氏惟知侍親教子。（第四回）

⑵册子上畫一盆茂蘭，旁有鳳冠霞帔的美人，判云：『桃李春風結子完，到頭誰似一盆蘭？』

⑶曲子晚韶華折云『……只這戴珠冠，披鳳襖……氣昂昂頭戴簪纓，光燦燦胸懸金印，威赫赫爵祿高登……』（均第五回）

⑷賈蘭做了一首詩，呈與賈政看。賈政看了，喜不自勝。（第七十五回）

⑸衆幕賓見了賈蘭做的姽嫿詞，便皆大讚：『小哥兒十三歲的人就如此，可知家學淵源，眞不誣矣！』賈政笑道：『稚子口角，也還難爲他。』（第七十八回）

以外恐怕提到賈蘭聰慧好學的地方還有，只在一時不能遍舉了。高氏寫賈蘭中了一百三十名舉人，又說，『蘭桂齊芳家道復初；』都是從這些看來的，（第一百九回，第一百二十回）更清楚的是寶玉臨走時，對李紈說：『一日後蘭哥還有大出息，大嫂子還要戴「鳳冠霞帔」呢。』（第一百十九回）這明是故意作册子底照應。

(R)秦氏縊死。

(1)册子上畫着高樓上有一美人懸梁自盡。（第五回）

(2)秦氏死了，合家無不納悶，都有些疑心。（第十三回，金玉緣本如此。亞東有正兩本均作傷心，非。有正本更以納悶爲納嘆，更謬。）

秦氏死在第十三回中，似乎無關涉高氏，但他因爲前八十回將眞事寫得太晦了，所以願意重新提一提，使讀者可以了然。第一百十一回上說鴛鴦上弔，只見燈光慘淡，隱隱有個女人拿着汗巾子，好似要上弔的樣子；後來細細一想，方知道是東府裏的先蓉大奶奶。鴛鴦想道：『……他怎麼又上弔呢？』後來她解下一條汗巾，按着秦氏方纔立的地方拴上。她死了以後，只見秦氏隱隱在前。高鶚如此寫法，可見他也相信秦氏是縊死的。但如此寫出，未免有些活見鬼，不成文理。秦氏之引誘鴛鴦，彷彿如世俗所傳的縊鬼要找替身。這實在大類三家村裏老婆子底口吻，是紅樓夢底大侮辱。至于原書敍秦氏縊死，怎樣地寫法？爲什麼要這樣地寫？這都在另一篇上詳論。

(S)襲人嫁蔣玉函。

(1)册詞道：『枉自温柔和順，空云似桂如蘭。堪羨優伶有福，誰知公子無緣！』（第五回）

(2)襲人說『去定了。』寶玉聽了，自思道：『誰知這樣一個人，這樣薄情無義呢！』（第十九回）

(3)蔣玉函唱的曲子，有『配鳳鸞』『入鴛幃』等語；說的酒令，有『並頭雙蕊』『夫唱婦隨』等語；說的酒底，是『花氣襲人知晝暖』（襲人以此命名見第三回）後來又被薛蟠明白叫破。（第二十八回）

(4)寶玉與蔣玉函，換汗巾，而寶玉底松花汗巾原是襲人底。後來寶玉又把琪官贈的大紅汗巾，結在襲人腰間。（第二十八回）

(5)晴雯被逐，寶玉大不滿意襲人，所以他說：『你是頭一個出了名的至善至賢的人，……焉得有什麼該罰之處？……』襲人細揣此話，直是寶玉有疑她之意，竟不好再勸了。（第七十七回）

(6)芙蓉女兒誄中有：『孰料鳩鴆惡其高，鷹鷙翻遭罦罬。薋葹妒其臭，茝蘭竟被芟鉏……偶遭蠱蠆之讒，……諑謠謑詬，出自屏帷；荆棘蓬榛，蔓延窗戶。既懷幽沈於不盡，復含罔屈于無窮。……嗚呼！固鬼蜮之爲災，豈神靈之有妒？毀詖奴之口，討豈從寬！……』（第七十八回）

從這幾點看，高鶚寫襲人薄倖，自然不算錯。以我看來，他補的書，寫襲人一節文字，還是最可使人滿意的。卽如他寫寶玉走後，襲人方嫁，也非了無依據的。蔣玉函說的酒令是『女兒悲，丈夫一去不回歸；』（第二十八回）當然不能和襲人無關。（因通首皆似暗射襲人終身。）高氏在第一百二十回，明點『好一個柔順的孩子。』正是照應冊子上所謂『枉自溫柔和順，空云似桂如蘭。』惟他以襲人不能守節，所以貶在又副冊中，實在離奇得很。册子中分『正，』『副，』『又副，』何嘗含有褒貶的意義？高氏在這一點上，却眞是『鄉壁虛造』了。

(T)鴛鴦殉主。

(1)鴛鴦冷笑道：『……不然，還有一死！……』

(2)伏侍老太太歸了西，我也不跟着我老子娘哥哥去；或是尋死，……』（均第四十六回）

高氏補此節，大約從這些地方看出作者底意思。但鴛鴦說的話，都是『死』與『做姑子』雙提；何以高氏定說他是殉主？想是因這般寫法，文筆可以乾淨些，也未可知。再不然，就是大觀園中人做姑子的太多了，（如芳官，四兒，惜春，紫鵑等）不得不換一番筆墨去寫鴛鴦。

以外大觀園諸婢底結局，也多少和前八十回有些照應。如平兒扶正，

（第一百十九回）則本於平日賈璉和他底恩愛，及平兒厚待尤二姐。（第二十一回，第四十四回，第六十九回）補五兒一段文字，則因第六十回，第六十一回，應有照應。（第一百九回）寫鶯兒後來服侍寶玉，（第一百十八回）則本於第三十五回。只有小紅和賈芸一段公案却未了結。麝月抽着了荼蘼籤，也未見有結局。但這些都是微細瑣碎之處，亦不足深論。

後四十回中還有許多大事，也可以約略考見其線索。

（一）薛文起復惹放流刑。（第八十五回）

⑴薛蟠打死了馮淵，避禍入京，住在賈宅梨香院，被賈氏子弟引誘得薛蟠比當日更壞了十倍。（第四回）

⑵第四十八回之目是『濫情人情誤思游藝』似乎下邊還有文章，不見得就此太平無事。

（二）宴海棠賈母賞花妖（第九十四回）

⑴寶玉道：『……今年春天已有兆頭的。這階上好好的一株海棠花，竟無故死了半邊，我就知道有壞事！……所以這海棠，亦是應着人生的！』（第七十七回）

（三）證同類寶玉失相知（第一百十五回）

⑴賈雨村說甄寶玉底性情完全與寶玉相同。（第二回）

⑵寶玉入夢，見甄寶玉和自己一樣。

甄寶玉自然是寶玉底影子，並非實有其人；但何必設這樣一個若有若無的人呢？這不但我們不解，即從前人也以爲不可解。（如江順怡君）高氏想也覺得這樣寫法，太沒有道理；所以極力寫甄寶玉是個世俗中人，使與寶玉作對文。但他雖然作了翻案文字，也依然毫無道理，不脫前人底窠臼。

（四）『得通靈幻境悟仙緣。』（第一百十六回）

(1)甄士隱夢到太虛幻境。（第一回）

(2)賈寶玉夢到太虛幻境。（第五回）

但他何以要使寶玉去重遊幻境呢？這因爲不如此，寶玉不能看破紅塵，飄然遠去。所以他說『兩番閱冊，原始要終之道。歷歷生平，如何不悟？』（第一百二十回）但其實這樣寫法，是可以不必的。

還有兩件大事，似有線索，又似乎沒有；我也不敢斷定，在這裏略說一說。(1)第一百三回，夏金桂自己服毒。(2)第一百十二回，趙姨娘赴冥司受報。這兩事似乎從同一的依據而來，就是在第五回，所謂『冤冤相報豈非輕。』而趙姨底死，寫這層意思，尤爲明顯，故回目上有『死讎仇』之語。但依我底眼光看，紅樓夢曲中所謂『冤冤相報，』是專指秦氏與寧府之事，似不與金桂趙姨二人相干。但高氏補這兩回書，是否以此爲依據，原不可知。他或者是以意爲之的，或者是另有所依据而我們不知道。這兩種情況都可以講得通，所以現在也不深加批評了。

高氏所補的四十回底依據所在，已大約寫出；雖不見詳備，也大致差不多了。我們離高鶚一百多年，要想法搜尋他作文時的字簏中物，當然是勞而無功。但我以爲如此一考，更可以使讀者恍然於後四十回之出於補綴，不是雪芹底原本。這就是這篇文字所以要作底意義。

但是高氏補書，除有依据之外，還有一種情形要加注意的，就是文情底轉折。往往有許多地方雖並無所依據，而在行文方面，却不得不如此寫，否則便連串不下。所以我們讀高氏續作，雖然在有些地方是出於他杜撰的，只要合於文情，也就不可輕易菲薄他。我們要知道，有依據的，未必定是好；反之，没有依據也未必定是不好。高鶚續書是否有合於作者底原意，是一件事；續書底好歹又是一件事，决不能混爲一談。所以雖承認了高氏底審愼，處處有所依据，但我們依然可以批評這書底沒有價値。在另一方面想，我們說高作完全出杜撰，一點不尊重作者底意旨，却也可以推重這書有獨立的聲價。只是就續紅樓夢說，兩個條件不能不雙方並顧；一方固然要有所依據，那一方又要文情優美。因爲如沒有依据，便不成爲『紅樓夢底續作』；如文字不佳，那又不成爲好書了。所以我們所要求於續書人的，——高鶚在內——是一部很好的紅樓夢底續書。

高氏自然到處都不能使我們愜意。但他底杜撰之處實在不很多。有許多地方雖然說是杜撰，但却另有苦衷，不得不作如此寫的。續書中最奇特的一段文字，是寶玉失通靈，及後來和尙送玉。（第九十回，第一百十六回）既是要他失玉，又何必復得？況且，玉底來去，了無踪跡，實在奇怪。說得好聽些，是太神秘了；不好聽呢，便是情理荒謬。且不但這一段而已，卽第九十六回，『瞞消息鳳姐設奇謀，』以我們眼光看來，何必寫得賈氏一家如此陰險？況且，所謂『奇謀，』實際上連一個大也不值，豈不可笑？這些地方，我們自然不能佩服。

但如子細想一想，便可以知道高氏作文底因由，不得因爲沒有依據，便一棒打殺。失通靈，得通靈，底必要，高氏自己曾經說明，不勞我們底懸揣。我們看：

『此玉早已離世：一爲避禍，二爲撮合。從此夙緣一了，形質歸一。……』（第一百二十回）

所謂避禍，當然是指查抄；但查抄未必有礙於寶玉，（卽賈璉也始終無恙）

何必避呢？這實在不甚可解。至於所謂『撮合』的是什麼，卻極易明瞭，即所謂金玉之緣。我們試想，如黛玉竟死，寶玉應作何光景？是否能平安地娶了寶釵？這個答案，也不必自己瞎猜；只看紫鵑誆寶玉，黛玉要回家去，寶玉是什麼光景的？（第五十七回）以外寶玉和黛玉誓同生死的話，在八十回中屢見。寶玉曾告訴紫鵑一句打躉的話，我們不妨徵引一下：

『活着，咱們一處活着；不活着，咱們一處化灰化煙，如何？』（第五十七回）

我們既不能承認寶玉是薄情，打謊語的人；那麼，怎樣能使金玉團圓？寶玉對於寶釵原非毫無情愫，但黛玉一死，寶玉决不能再平安度日，如何再能結合數年的夫婦？這個實際上的困難，在行文時候，必然要碰到的。既然碰到了，就不能不想個解決的方法。高氏想的方法，便是失玉。

『失玉』是不是好的方法，是另一件事。但我們却不能不承認，這是方法之一，而且想用這個方法的人也不止高氏一人。在三十回本的佚本裏，我曾考出有『甄寶玉送玉』這一回事，看事情底空氣，大約和高作是差不多的。既然『玉』煩人送，當然是丢了；不然，玉在身邊，何勞甄寶玉先生來送呢？至於那本上寫玉是怎樣遺失的？我們不知道。像高本寫失玉，卻實在是個奇談。

高氏所以寫失玉，因爲不如此金玉不能團圓；所以寫送玉，因爲不如此寶玉不能出家。『寶玉出家』和『寶釵出閨』這是續作裏底兩件大事；而以失玉送玉爲關鍵。不明白這個緣故，輕易來批評高氏補書底不小心；這實在不能使他心服的。

至於我所以不滿意于他的，卻並不在爲什麼要如此，只在怎樣地這個問題上面。第九十四回寫失玉這個光景，實在人情之外，且亦在文情之外。眞成所謂『來無跡，去無蹤』了。（第九十五回，妙玉扶乩語。）高氏是平淡無奇這樣一個人，却喜歡弄筆頭，做那些離奇光怪的文字；於是無往而不失敗。八十回內寫甄士隱賈寶玉遊『幻境，』已覺東方的浪漫色彩太濃厚了；但總還『不遠情理。』至于高氏寫通靈玉無端而去，無端而來，那竟很像聖靈顯示的奇跡，與全書描寫人情的風格，枘鑿不相合。我們不得不承認這是高氏底失敗。我也明知道，要把『失玉』『送玉，』寫得十分的入情入理，是很困難的；但我始終不敢輕易贊成高鶚底補筆。我以爲高氏如以續書爲甚難，則大可以擱筆，不必拿狗尾來續貂；如以爲尙不甚難，則應當勉爲其難，不應逃於神怪。

卽寶釵嫁時，鳳姐設奇謀，也無非是要度過這個困難，使他倆得以成婚，一方又可以速黛玉之死，使文字格外緊湊些。以外並無別的深意可說，在八十囘中也並沒有什麼依據可尋。總之，高鶚補這幾囘，要如此寫法，完全爲結束寶黛兩人底公案，使不妨礙金玉姻緣，我們可以原諒他。但他底大病，並不在憑空結撰，却在文筆拙劣，情事荒唐這兩點上。這個毛病，在四十囘中幾乎處處流露，也不僅僅在這兩三回內。卽完全有依據的，也依然不能藏拙啊。

但是高氏無緣無故的杜撰文字，在四十囘內卻也未始沒有，這我們更不能爲他强辨。卽如寶玉中舉，雖我替他勉强找了幾條根據，其實依然薄弱得很，高氏豈能借這個來遮羞？我們試看關於寶玉中舉的文字有多少囘？

第八十一囘——奉嚴詞兩番入家塾。

第八十二回——老學究講義警頑心。

第八十四回——試文字寶玉始提親。

第八十八回——博庭歡寶玉讚孤兒，

第一百十八回——警謎語妻妾諫癡人。

第一百十九回——中鄉魁寶玉却塵緣。

一共書只四十回，說寶玉做舉業的，倒占了二十分之三。這眞是不知其命意所在？如稍爲看子細一點，寶玉實無中舉底必要；即使高氏要寫他高魁鄉榜，也不必寫得如此累贅。高氏此等地方，可謂愚極且迂極了。

還有一節，也是無緣無故的文字。第八十九回『蛇影杯弓顰卿絕粒』，寫黛玉忽然快死了，忽然又好了，這算怎麼一回事呢？『失玉送玉』還有可說的，至於這兩回中寫黛玉，簡直令人莫名其妙。上一回生病，下一回大好了；非但八十回中萬沒有這類荒唐的暗示，且文情文局，又如何可通？說要借此催定金玉姻緣，也大可不必。什麽事情不可以引起釵玉姻事，定要把黛玉要得忽好忽歹？況且到第九十四回，黛玉已完全無病，尤其不合情理。黛玉底病，應寫得漸轉漸深。怎麽能忽來忽去呢？在這一點上，高氏非但鹵莽，而且愚拙。

大觀園諸人底結局，高氏大都依据八十回中底話補出。只有香菱傳補得最謬，且完全與作者底意思相反。胡適之先生曾據第五回册子原文，來駁高氏底不合，我極爲同意。（胡說見胡適文存紅樓夢考證。）高氏這一點看不清楚，最不可解；因爲第五回，第八十回暗示香菱被金桂磨折死，不爲不明顯，以高鶚底小心審慎，何致於盲目不知，鑄了大錯。這竟使我詫異極了。【注二】

我這節文字底目的，原要考定高鶚續書底依據，並不是要指斥他底過失。只因四十回中也有許多無根之談——卽是沒有依據的——也得順筆敘出，所以不免說了些題外的話。其實關於高作優劣底批評，應當留作下一篇講，不是本篇底責任。本篇底大意，只是要證實頡剛這句話：『後四十回的事情，在前八十回都能找到他的線索。』

二二，五，十五。

【注一】高鶚寫探春嫁後頗得意，其依據在第六十三回，探春抽的詩籤，註云『必得貴壻』故此節補文却不甚錯。惟寫她嫁後歸寧，則無據。

【注二】高氏寫香菱不死，後來扶正，這個大錯誤，現在看來也是由於誤解第六十三回香菱抽着的詩籤，是『連理枝頭花正開。』我們應當注意這『正』字底意義，明言此正是她底團圓時節；反言之，則連理花不久便將凋謝的。

高鶚因不解此意，故下文弄錯了。

二三年八月，在波定謨記。

(四)

後四十回底批評

高鶚續書底依據是什麼?我在上篇已約略叙明了,現在只去評判續作四十回底優劣。我在上篇已說過,文章底好壞,本身上的,並不以有依據或者沒有依据爲標準。所以上篇所叙高氏依据什麼補什麼,至多只可以稱贊他下筆時如何審愼,對於作者如何尊重,却並不能因此頌揚四十回有文學底聲價。本篇底目的,是專要評判後四十回本身上的優劣,而不管他是有依據與否。本來這是明白的兩件事,萬不能混爲一談。

但我爲什麼不憚煩勞,要去批評後四十回呢?這因爲自從百二十回本通行以來，讀者們心目中總覺得這是一部整書，仿彿出於一人之手。即使現在我們已考定有高氏續書這件事情，也不容易打破讀者思想上底習慣。我寫這節文字，想努力去顯明高作底眞相，使讀者恍然於這决是另一人底筆墨了。在批評底時候，如高作是單行的，本沒有一定拿原作來比較的必要；只因高作一向和原本混合，所以有些地方，不能不兩兩參照，使大家了解優劣所在，也就是同異所在。試想一部書如何會首尾有異同呢？讀者們於是被迫着去承認確有高氏續書這件事情。這就是我寫這節文字底目的了。

而且，批評原是主觀性的，所謂『仁者見仁，智者見智。』兩三個人底意見尙且不會相同，更不要說更多的人。因爲這個困難，有許多地方不能不以原書爲憑藉；好在高氏底著作，他自己既合之於紅樓夢中，我們用八十回來攻四十回，也可以勉强算得「以子之矛攻子之盾」了。我想，以前評紅樓夢的人，不知凡幾，所以沒有什麼成績可言，正因爲他們底說話全是任意的，無標準的，是些循環反覆的游談。

我在未說正文以前，先提出我底標準是什麼？高作四十回書既是一種小說，就得受兩種拘束：(1)所叙述的，有情理嗎？(2)所叙述的，能深切的感動我們嗎？如兩個答案都是否定的，這當然批評的斷語也在否定這一方面了。本來這兩標準，只是兩層，不是兩個；世上原少有非情理的事，卻會感人很深的。在另一方面想，高作是續紅樓夢而作的，並非獨立的小說；所以又得另受一種拘束，就是「和八十回底風格相類似嗎？所叙述的前後相應合嗎？」這個標準，雖是輔助的，沒有上說的這般重要，卻也可以幫助我們去評判，使我們底斷語，更有力量。因爲前八十回，大體上實在是很合情理，很能感人的；所以這兩類標準，在實用上並沒有什麼明確的界限。

我們要去批評後四十回，應該掃盡一切的成見，然後去下筆。前人底評語，至多只可作爲參考之用。現在最通行的評是王雪香底，既附刻在通行本子上，又有單行本。因王氏毫無高鶚續書這個觀念，所以對於後四十回，也和前八十回有同樣的頌贊，且說得異常可笑，即偶然有可取之處也極微細，不足深數。

我們試看，後四十回中較有精采，可以仿彿原作的，是那幾節文字？依我底眼光是：

第八十一回，四美釣魚一節。

第八十七回，雙玉聽琴一節。

第八十九回，寶玉作詞祭晴雯，及見黛玉一節。

第九十，九十一回，寶蟾送酒一節，
第一百九回，五兒承錯愛一節。
第一百十三回，寶玉和紫鵑談話一節。

以外較沒有毛病的，如妙玉被刦，（第一百十二回）襲人改嫁（第一百二十回）這幾節文字，但也草率得很，比第七十七回寫晴雯之死，相差已甚多。至於上邊所列舉的那幾節，雖風格情事，尚可仿佛原作；但除寶蟾送酒一節以外，都是從模倣來的。前八十回只寫盛時，直到七十回後方才露些衰敗之兆，但終究也說得不甚明白。所以高氏可以模倣的極少，因爲無從去摹倣，於是做得亂七八糟了。我們把所舉的幾條較有精采的一看，就知道是全以八十回做張本，並非高氏自己一個人底手筆。所以能較好，正因爲這些事情較近於原作所曾經說過的，故較有把握。我們歸納起來說一句話，就是：

「凡高作較有精采之處，是用原作中相仿彿的事情做藍本的，反之，凡沒有藍本可臨摹的，都沒有精采。」

這第二句斷語，尚須在下邊陸續證明。這第一句話，依我底判斷看，的確是如此的，不知讀者覺得怎麼樣？王雪香在評語裏，幾乎說得後四十回，沒有一回不是神妙難言的。這種嗜好，眞是「味在酸鹹之外」了。

我現在更要進一步去指斥高作底弊病。如一回一節的分論，則未免太嫌麻煩，且亦無甚關係。我先把四十回內最大的毛病，直說一下，聽候讀者底公決。

(1)寶玉修舉業，中第七名舉人。（第八十一，八十二，八十四，八十八，一百十八，一百十九回。）

高鶚費了九牛二虎之力，寫了六回書，去敘述這件事，却鑄了一個大錯。何以呢？⑴寶玉向來罵這些談經濟文章的人是『祿蠹，』怎麼會自己學着去做祿蠹？又怎麼能以極短之時期，成就舉業，高魁鄉榜？說他是奇才，決奇不至此。這是太不合情理了，謬一。⑵寶玉高發了，使我們覺得他終於做了舉人老爺有這樣一個腸肥腹滿的書中主人翁，有何風趣？這是使人不能感動，謬二。⑶雪芹明說：『一技無成，半生潦倒，』『風塵碌碌，』『獨自己無才不得入選』等語，怎麼會平白地中了舉人呢？難道曹雪芹也和那些濫俗的小說家一般見識！因自己底落薄，寫書中人大闊特闊，以作解嘲嗎？既決不是的，那麼，高氏補這件事，大違反作者底原意，不得爲紅樓夢底續書，謬三。

在我底三標準下，這件事沒有一點可以容合的；所以我斷定這是高鶚底不知妄作，不應當和紅樓夢八十回相混合。王雪香是盲目贊成高作的，但他也說：『寶玉詩詞聯對燈謎俱已做過，惟八股未曾講究……』（第八十四回評）王氏因爲不知後四十回是高氏底手筆，所以不敢非議，但他也似乎有些覺得，寶玉做八股，實在是破天荒的奇事。他還有一節奇妙的話：『寶玉厭薄八股，却有意思博取功名，不得不借作梯階。』（第八十二回評）這眞是對於寶玉大施侮辱。他何以知道他想博得功名？且既肯博取功名，何以厭薄八股？這些都是萬講不通的。王氏因努力爲高鶚作辨護士，所以說了這類『大可怪笑』的奇談。

但高鶚爲什麼做這件蠢事呢？這實在因他底性格與曹氏不同，決不能勉强的。看高氏自己說：『又復稍示神靈，高魁貴子，方顯得此玉是天奇地靈鍛鍊之寶，非凡間可比。』（第一百二十回，甄士隱語）這眞是很老實的供招。高鶚總覺得玉既名通靈，決不能不稍示神通，而世間最重要的便是『高魁鄉榜。』若不然，豈不是孤負了這塊通靈玉？他彷彿說，如寶玉連個舉人也中不上，還有什麼可寶的在呢？這並不是我故意挖苦高氏，他的確以爲如此的。『只有這一入場用心作了文章，好好的中個舉人出來，……便是兒子一輩子的事也完了！』（第一百十九回寶玉語）他明明說道，只要中一個舉人，一輩子的事就完了。這是什麼話！他把這樣的胸襟，來讀紅樓夢，來寫賈寶玉，安得不糟！又豈有不糟之理！雪芹是個奇人，高鶚是個俗人，他倆永不會相了解的，偏偏要去合做一書，這如何使得呢！我最不懂，高氏補書離雪芹之死，只有二十七年，何以一點不知道紅樓夢是一部作者自傳，且一點不知道曹雪芹底身世。想是因雪芹潦倒了一世，爲舉人老爺所不屑注意的也未可知。但既是如此，他又爲什麼很小心地去續紅樓夢？

(2)寶玉仙去，封文妙眞人。（第一百二十回）

高氏寫寶玉出家以後只有一段。『賈政……忽見船頭上微微的雪影裏面一個人，光着頭，赤着脚，身上披了一領大紅猩猩氈的斗篷，向賈政倒身下拜。……卻是寶玉。……只見船頭來了一僧一道，夾住寶玉……飄然登岸而去。』後來賈政來追趕他們，只聽他們作歌而去，倏然不見，只有一片白茫茫的曠野了。賈政還朝陛見奏對寶玉之事，皇上賞了個文妙眞人的號。（第一百二十回）

這類寫法，實不在情理之中。作者寫甄士隱雖隨雙眞而去，也是『神龍見首不見尾，』卻還沒有這麼樣的神秘。被他這樣一寫，寶玉簡直是肉身成聖的了，豈不是奇談？況且第一百十九回，虛寫寶玉丟了，已很圓滿；何必再畫蛇添足，寫得如此奇奇怪怪？高鶚所以要如此寫，想是要帶顧一僧一道，與第一回第二十五回相呼應。但呼應之法亦甚多，何必定作此呆笨之筆？所以依事實論，是不近情理；依風裁論，是畫蛇添足。至於寫受封眞人之號，依然又是一種名利思想底表現。高鶚一方面羨慕白日飛昇，一方面又羨慕金章紫綬；這眞是中國人底代表心理了。王雪香批評這一節文字，恭維他是『良工心苦，』想也是和高鶚有同樣的羨慕的。

(3)賈政襲榮府世職，後來孫輩蘭桂齊芳；賈珍仍襲寧府三等世職。所抄的家產全發還。賈赦亦遇赦而歸。（第一百七，一百十九，一百二十回）

這也是高氏利祿薰心底表示。賈赦賈珍無惡不作，豈能仍舊安富尊榮？賈氏自盛而衰，何得家產無恙？這是違反第一個標準了。以文情論，風月寶鑑宜看反面，（第十二回，紅樓夢亦名風月寶鑑）應當曲終奏雅，使人猛省作回頭想，怎麼能寫富貴榮華綿綿不絕？這是不合第二標準。以原書底意旨論，寶玉終於貧窮，（第一，第五回）賈氏運終數盡，夢醒南柯（第五，第二十九回，）自殺自滅，一敗塗地，（第七十四回）怎麼能『沐天恩』『延世澤』呢？這不合第三個標準了。只有賈蘭一支後來得享富貴，尙合作者之意；以外這些，無非是鄉壁虛造之談。王雪香對於這點，似不甚滿意，所以說：『甄士隱說「福善禍淫蘭桂齊芳，」是文後餘波，助人爲善之意，不必認作眞事』（第一百二十回評）這明明是不敢開罪高鶚——其實王氏並不知道——强爲飾詞了。既已寫了，爲什麼獨獨這一節不必認作眞事呢？

(4)怡紅院海棠忽在冬天開花，通靈玉不見了。（第九十四回）

(5)鳳姐夜到大觀園，見秦可卿之魂（第一百一回）

(6)鳳姐在散花寺拈籤，得『衣錦還鄉』之籤（同回）

(7)賈雨村再過甄士隱茅庵，火燒了，士隱不見（第一百三回）

(8)寶玉到瀟湘館，聽見鬼哭（第一百八回）

(9)鴛鴦上吊時，又見秦氏之魂。（第一百十一回）

(10)趙姨娘臨死時，鬼附其身，死赴陰司受罪。（第一百十二回）

(11)鳳姐臨死時，要船要轎，說要上金陵歸入冊子去（第一百十四回）

(12)和尚把玉送回來，寶玉魂跟着和尚到了『眞如福地』，重閱冊子，又去參見了瀟湘妃子，碰着多多少少的鬼，幸虧和尚拿了鏡子，奉了元妃娘娘旨意把他救出。（第一百十五，一百十六回）

(13)寶玉跟着僧道成仙去。（第一百二十回）

這十條都是高氏補的。讀者試看，他寫些什麼？我們只有用雪芹底話，『倏爾神鬼亂出，忽又妖魔畢露，』來批評他這些話頭，在事實上果然萬不會有；在寫實的文學上也萬不該有；在八十回書以後，實在萬不可以有。但是高鶚竟老實不客氣，刻在書上。這類弄鬼裝妖的空氣，布滿於四十回中間，令人不能卒讀。而且文筆之拙劣可笑，更屬不堪之至。第一百十六回文字尤惹人作嘔。且上邊所舉，只是些最不堪的，以外這類鬼怪文字還多呢。（如第九十五回，妙玉請拐仙扶乩；第一百二回，賈蓉請毛半仙占卦，賈赦請法師拿妖。）讀者試看前八十回筆墨何等潔淨。即如第一回，第五回，第二十五回，偶寫神仙夢幻，也只略點虛說而止，決不如高鶚這樣的活見鬼。第十二回，寫跛足道人與風月寶鑑，是有寓意的。第十六回，寫都判小鬼，是一節滑稽文字。這些都不是高氏所能藉口的。且高作之謬，還在其次，因爲謬處可以實在指出；最大的毛病是『文拙思俗，』拙是不可說的，俗是不可醫的。至于怎樣的拙和俗，我也難以形容，讀者自己去審察罷。

古人說得好，『讀其書想見其爲人。』我們讀高本四十回，也眞可以想見高氏底爲人了。他所信仰的，歸納起來有這三點：(1)功名富貴的偶像；所以寫『中舉人，』『復世職，』『發還家產，』『後嗣昌盛。』(2)神鬼仙佛的偶像，所以四十回中布滿這些妖氣。(3)名教底偶像，所以寶玉臨行時必哭拜王夫人，既出家後，必在雪地中拜賈政。況且他在序言上批評紅樓夢，不說什麼別的，只因『尙不謬於名教，』所以『欣然拜諾。』！啊我們知道了！高鶚所賞識的，只是不謬於名教的紅樓夢！其實紅樓夢謬于名教之處很多，高氏何必爲此謬贊。他眞是盲于心兼盲于目了。其餘荒謬可笑之處還不止此。

(14)寶釵以手段籠絡寶玉，始成夫婦之好。（第一百九回）

這眞是我們貴中國底傳統思想了。因爲有了夫婦底名分，所以就公然獻媚，也無損人格底尊嚴，也不謬於名教的。高氏寫此節之意，想是爲後文寶釵有子作張本。（王雪香也如此說）但寶釵懷孕，何必定在前文明點？即使要寫明，又何必寫寶釵如此不堪，弄什麽『移花接木』之計？妻子對于丈夫，用什麽計來獻媚爭寵，這是什麽話！況且以平日寶釵之端凝，此事更爲情理所必無。雪芹原意要使閨閣昭傳，（第一回）像他這樣寫法，簡直是汚衊閨閣了。這對于我所假設的三個標準，處處違謬。高氏將何以自解？我常常戲說，大觀園中人死在八十回中的都是大有福分。如晴雯臨死時，寫得何等悽惋纏綿，令人掩卷不忍卒讀；秦氏死得何等閃鑠，令人疑慮猜詳；尤二姐之死慘；尤三姐之死烈；金釧之死，慘而且烈。這些結局，眞是圓滿之至，無可遺憾，眞可謂獅子搏兎一筆不苟的，在八十囘中未死的人，便大大倒霉了，在後四十囘中，被高氏寫得牛鬼蛇神不堪之至。即如黛玉之死，也是不脫窠臼，一味肉痳而已。寶釵嫁後也成爲一個庸劣的中國婦人。釵黛尚且如此，其餘諸人更不消說得了。

(15)黛玉贊美八股文字，以爲學舉業取功名是清貴的事情。

(第八十二囘)

這也是高氏性格底表現。原文實在太可笑了，現在節引如下：『黛玉道：「……內中也有近情近理的，也有淸微淡遠的，……也覺得好，不可一概抹倒。況且你要取功名，這個也淸貴些。」寶玉……覺得不甚入耳，因想：「他從來不是這樣的人，怎麽也這樣勢慾薰心起來？」……只在鼻子眼裏笑了一聲。』這節文字，謬處且不止一點。(1)黛玉爲什麼平白地勢慾薰心起來？(2)黛玉何以敢武斷寶玉要取功名？在八十回中，黛玉幾時說過這樣的話？(3)以寶黛二人底知心恩愛，怎麼會黛玉說話，而寶玉竟覺得不甚入耳，在鼻子眼裏笑了一聲？在八十回中曾否有過這種光景？(4)寶玉既如此輕蔑黛玉，何以黛玉竟能忍受？何以黛玉在百二十回中，前倨後恭到如此？

這些疑問，如高鶚再生，我必要索他底解答；爲高氏作辨護士的人，也必須解答了這些疑問，方才能自圓其說。如有人以爲紅樓夢原有百二十回的，也必須代答一下才行。如不能答，便是高鶚無力續書底證據，便是百二十回不出於一手底證據。

至於反面的憑据，在八十回中却多極了。寶玉上學時，黛玉以『蟾宮折桂』作譏諷。(第九回)寶玉說『林姑娘從來說過這些混帳話不曾？』

（第三十二回）寶黛平常說的話，眞是所謂『竟比自己肺腑中掏出來的還覺懇切，』怎麼到了第八十二回，竟會不甚入耳起來？這豈不是大笑話？以外八十回中寫寶黛口角，無非是薄物細故，寶玉從來沒有當眞開罪黛玉的時候；怎麼在這回中，竟以輕藐冷淡的神情形之於詞色呢？在這些地方，雖百高鶚，也無從辨解的。

而且我更不懂，高氏寫這段文字底意旨所在。上邊所批評的各節，雖然荒謬，還有可以原諒之處；這節却絕對的沒有了。他實在可以不必如此寫的，而偏要如此寫法，這眞是別有肺腸令人莫測。卽王雪香向來處處頌贊他的，也說不出道理來。他只說：『作者借寶黛兩人口中俱爲道破。』爲什麼要借兩人口中？爲什麼要道破？這依然是莫名其妙的話。

(16)黛玉底心事，寫得太顯露過火了，一點不含蓄深厚，使人只覺得肉麻討厭,沒有悲惻憐憫的情懷。(第八二,第八三,第八九,第九十,第九五,第九六,第九七,第九八回。)

這都是我主觀上的批評,原不是定論。或者同時有人以為高氏補這幾回書是很好的,也儘可以的。因為這是文學的手段底優劣,所以也無從具體的用八十回來參較他倆個。至於『合否情理』這個標準,應用在這兒也不甚生劲;因為高作這些地方底毛病,並不是十分不合情理,是不合黛玉平常的身分性格。我們只可以用第二標準來批評他;但這個標準,卻是主觀色彩很濃厚的,不能引到明確的斷論。現在姑且引幾條太顯露的,我以為劣的,如下:

『看寶玉的光景,心裏雖沒別人,但是老太太,舅母,又不見有半點意思;深恨父母在時,何不早定了這頭婚姻。又轉念一想道:

「倘若父母在別處定了婚姻，怎能夠依寶玉這般人才心地？不如此時尚有可圖。」「好寶玉！我今日纔知道你是個無情無義的人了！」「好哥哥！你叫我跟了誰去！」』（均見第八十二回）

『黛玉大叫一聲道「這裏住不得了！」一手指着窗外，兩眼反插上去』（第八十三回）

『寶玉近來說話，半吐半吞，忽冷忽熱，也不知他是什麼意思？』（第八十九回）

『或者因我之事，拆散了他們的金玉也未可知？』（第九十五回）

『寶玉！寶玉！你好……』（第九十八回）

這些都太過露，全失黛玉平時的性情。第八十三回所寫，尤不成話。第八十二回寫黛玉做夢，第八十九回寫她絕粒，都是毫無風趣的文字。且黛玉底病，忽好忽歹，太遠情理。如第九十二回，黛玉已『殘喘微延，』第九十四回又能到怡紅院去賞花；雖說是心病可以用心藥治，但决不能變換得如此的神速。且這節文字，在文情上，似乎是個贅瘤。高氏或者故意以此爲曲折，但做得實在太不高明，祇覺得麻煩而且討厭。至于第九十五回，黛玉以拆散金玉爲樂事。這樣的幸災樂禍，毫不替寶玉着急，眞是毫無心肝，又豈成爲黛玉？寫她臨死一節文字，遠遜於第七十七回之寫晴雯，只用極拙極露的話頭來敷衍了結，這也不能使讀者滿意。總之，以高鶚底笨筆，來寫八面玲瓏的林黛玉，於是無處不失敗。補書原是件難事，補親見親聞的紅樓夢則尤難；高氏不能知難而退，反想勉爲其難，眞是太不自量了。

(17)後來賈氏諸人對于黛玉，似大嫌冷酷了，尤以賈母爲甚。

（第八十二，第九十六，第九十七，第九十八回。）

這也是高作不合情理之處。第八十二回，黛玉夢中見衆人冷笑而去；賈母呆着笑，『這個不干我事』第九十六回，寫鳳姐設謀，賈母道：『別的事，都好說！林丫頭倒沒有什麽』第九十七回，鴛鴦測度賈母近日疼黛玉的心差了些，不見黛玉的信兒，也不大提起。又說黛玉見賈府中上下人等都不過來，連一個問的人都沒有。又說紫鵑想道，『這些人怎麽竟這樣很毒冷淡？』第九十八回，王夫人也不免哭了一場；賈母說：『是我弄壞了他了！但只是這個丫頭也傻氣』

這幾節已足够供我們批評的材料。賈氏諸人對于黛玉這樣冷酷，文情雖非必要，情理還有可通。至于賈母是黛玉底親外祖母，到她臨死之時，還如此的沒心肝，眞是出乎情理之外。八十回中雖有時寫賈母較喜寶釵，但對於黛玉仍十分鍾愛鄭重，空氣全不和這幾回相似。像高氏所補，賈母簡直是鐵石心腸，到臨尸一慟的時候，還要責備她傻氣，這成什麽文理呢！所以高氏寫這一點，全不合三標準。況且卽以四十回而論，亦大可不必作此等文字。高氏或者要寫黛玉結局分外可憐些，也未可知。但這類情理所必無的事情，決不易引動讀者深切的憐憫。高氏未免求深反惑了！

(18)鳳姐不識字。（第九十二回）

這是和八十回前後不相接合的。我引八十回中文字兩條爲證：

鳳姐會吟詩，有『一夜北風緊』之句。（第五十回）

『鳳姐……每每看帖看帳，也頗識得幾個字了。』後來看了潘又安底信，念給婆子們聽。（第七十四回）

這是鳳姐識字底鐵證，怎麽在第九十二回裏，說鳳姐不認得字呢？這雖是與文情無關礙，但却與前八十回前言不接後語，亦不得不說是文章之病。

(19)鳳姐得『衣錦還鄉』之籤，後來病死了（第一百一，一百十四回）

這不但是與八十回不合，即在四十回中已說不過去了。她求的籤是『……於今衣錦返家園。』後來寶釵說：『這「衣錦還鄉」四字裏頭還有原故……』這似乎在後文應當有明確的照應，方合情理。那知道鳳姐後來竟是胡言亂語的病死了，臨死的時候，只嚷到金陵去。至於『衣錦』兩字，並無照應。說是魂返金陵，那裏有錦可衣？魂能衣錦或否，高氏又何從知道？說是尸返金陵，則衣錦作爲殮衣釋，也實在殺風景得很。況且書中既說，賈氏是金陵人氏，則歸葬故鄉情事之常，又何獨鳳姐又何必求籤方才知道呢？高氏所作不合前八十回，還可以說兩人筆墨不能盡同。至於四十回中底脫枝失節，則無論如何，高氏無所逃罪。況且相去只十四回，高鶚雖健忘也不至此。我想與其說高鶚底矛盾，不如說高鶚底迂謬。程偉元說他是『閒且憊矣』，眞是一點不錯。他如不閒，怎麼會來續書？他如不憊，怎麼會續得如此之亂七八糟呢？

(20)巧姐年紀忽大忽小。（第八四，第八八，第九二，第一〇一，第一一七回）

這也是全在四十回中的，是高作最奇謬的一節文字，不但在情理之外，且幾乎在想像之外了！我們不能不詳細說一說，先把這幾回文字約舉如下。

(A)奶子抱着巧姐兒，用桃紅綾子小綿被兒裹着，臉皮發青，眉梢鼻翅微有動意。（第八十四回）

這明是嬰兒將抽筋底光景，看這裏所說，她至多不得過兩三歲。

(B)那巧姐兒在鳳姐身邊學舌，見了賈芸，便啞的一聲哭了。(第八十八回)

(C)巧姐跟着李媽認了幾年字，已有三千多字，且念了一本女孝經，又上了列女傳，寶玉對她講說，引了許多古人；如文王后妃，姜后，無鹽，曹大家，班婕妤，蔡文姬……等共二十二人。巧姐說：這些也有念過的，也有沒念過的，現在我更知道了好些。後來她又說，跟着劉媽學做針線，已會扎花兒，拉鎖子了。(第九十二回)

小兒學舌也總不過三歲，且見生人便哭，也明白是嬰兒底神情，即以天資最聰明的而論，這個光景至少已是七八歲了，況且書上明說已認了幾年字，又會做精細的活計，決非五六三四歲的孩子可知。且巧姐言語極有條理，且很能知道慕賢良，當然年紀也不小了。即小說以誇張爲常例，亦總不過七八歲。其實在實際上，七八歲的孩子，能如此聰明是百不見一的。算她僅七八歲，已是就小說論，不是以事實看。但這個假設，依然在四十回中講不過去。巧姐萬不能如此飛長，像錢唐江潮水一樣。第九十二回距第八十八回祇有四回，在四回之中，巧姐怎麼會暴長起來？不可解一。從第七十一回到第一百十回，總共不過三年；（第七十一回，賈母慶八旬，第一百十回賈母卒，年八十二歲。）而巧姐已在四回之中已過了幾年，——至少亦有三年，因兩年不得說幾年——這光陰如何能安插得下？三十九回中首尾三年，四回中亦是三年；則其餘的三十五回，豈不是幾乎不占有時間的，這如何能夠想像？不可解二。

但這還可以疏忽作推諉，小說原是荒唐言，大可不必如此鑿方眼；上邊所論，不過博一笑而已，未必能根本打銷高作底聲價；只是笑話卻並不以此爲止，這卻令我們難乎爲高鶚辨解。

（D）大姐兒哭了，李媽很命的拍了幾下，向孩子身上擰了一把。那孩子哇的一聲，大哭起來了。（第一〇一回）

巧姐被擰，連話都不會說，只有大哭的一法，看這個光景她不過三歲，至多亦以四歲爲限。若在四歲以上，決不至於被擰之後連話都不說的；況且如巧姐能說話，婆子亦決不敢平白地擰他一把。可見其時，巧姐確是不會說話的，至多也不過會學舌。既然如此，請看上文慕賢良之事，應作何解釋？念書，認字，做針線的孩子，過了些時候，（九回書）反只會啼哭，連話都不會說了。這算怎麼一回事？孩子長大了，重新還原，這算怎麼一回事？長得奇，縮得更奇；長得快，縮得更快。這又算怎麼一回事？在描寫人情的紅樓夢中，夾進這樣光怪陸離的幻想，我不能不佩服高氏底才高膽大。一百年來，這樣『奇而又奇』的奇蹟，沒有一個人敢提出來加以疑惑的，我不能不佩服讀者底『不求甚解』。巧姐長得太快，還可以粗忽來推諉。至於長了又縮小，這無論何人，不能贊一詞的，而竟沒有人批評過。評紅樓夢的人如此之多，這樣的怪事偏不以爲怪，大約都是抱『見怪不怪其怪自敗』這個主義的。王雪香只以巧姐長得太快爲欠妥，其實何止欠妥而已，簡直是不通而又不通。像這類事情，正應當在『六合之外』，豈能混入情理之中。我們既認定紅樓夢是部情理中的書，就不能不竭力排斥高鶚補作的四十回。

（E）巧姐兒年紀也有十三四歲了。（第一百十七回）

十六回以後，她又飛長了。說這十六回書，有十年的工夫，這無論如何是不可信的。（我們知道，前八十回，只有首尾九年）既不可信，她底生長，又成了一種奇蹟。巧姐長了又縮，縮了又長，簡直是個妖怪，不知高氏是什麼意思？十二釵惟巧姐年最小，所以八十回中絕少提及，只寫了些劉老老底事情，終非巧姐傳底正文。後四十回中被高氏如此一續，巧姐眞可謂倒霉之至，至於高鶚爲什麼寫他底事情如此神怪，其原因很難懂；大約他本沒有注意到這些地方，只是隨意下筆。慕賢良一回專爲巧姐作傳，拿來配齊十二釵之數，所以勉强拼湊些事情，總要寫得漂亮一點，方可以遮蓋門面，他卻忘了四回以前所寫的巧姐是什麼光景的。於是她就暴長了一下。後來鳳姐病深，高氏要寫巧姐年幼孤露可憐，以形鳳姐結局底悲慘，於是她就暴縮一下。到書末巧姐要出嫁，卻不能不說她是十三四歲；因爲這已是最小的年齡。於是她又暴長了。高氏始終沒有注意她底年齡，所以才鬧了這麼一個大笑話。百餘年來的人，有崇拜偶像的心理，而又不知後四十回是高續的；所以大家都是見怪不怪。且他們讀書也只是去消閒下酒，也未必能綜觀前後，子細推求。也無怪其『冥然罔覺』了。但現在的我們讀紅樓夢時卻要知道，巧姐傳是全缺的；高鶚所補，完全是驢脣不對馬嘴，了不相干的。若混爲一談，不分皂白，作者有知，又豈能容受這種侮辱呢！

巧姐慕賢良一回，還有一點謬處；就是所描寫的絕不是寶玉。寶玉向來不肯作這類迂談的，在這兒卻平空講了無數的名敎中人，貞烈賢孝的婦女，給巧姐聽。這眞是不謬于名敎的紅樓夢，高氏可以躊躇滿志了。但寶玉爲人卻頓成兩橛，未免說不過去。後四十回寫寶玉，竟是個勢利名敎中人；只於書末撒手一走，不知所終，這是非常可怪的。不但四十回中的寶玉不和八十回的他相類似，卽四十回中，寶玉前後很像兩個人，并與失玉送玉無關，令人無從爲他解釋。高氏對于書中人物底性情都沒有一個概括的觀念，只是隨筆敷衍，所以往往寫得不知所云，亦不但是寶玉一人。不過寶玉是書中主人翁，性格尤難描畫，高氏更沒處去藏拙罷了。

上列二十條，是四十回中最顯著的毛病；以外不重要的地方可笑之處自然還多。如香菱之痼疾，沒有提起，自然地全愈了；以平兒底精細，連水月庵饅頭庵都分不清楚，害鳳姐吐血（第九十三回）；以紫鵑底秀慧，而寫她睡着，遠遠有吆呼之聲（第八十二回）；小紅和賈芸有戀愛關係，後來竟了無照應，她只和豐兒做了個鳳姐底隨身小婢，毫不占重要的位置；麝月抽了荼蘼花籤，卻並無送春之事；以外零零碎碎的小毛病——脫枝失節，情理可笑的——自然還有，只是一時不能備舉，且與大體無關，亦可以不必備舉了。

高作底詳評，已如上所說了。但我們要更綜合地批評一下，這方才盡這篇文字底責任我以前給頡剛的信曾起訴高氏有五條，都是零碎的，而頡剛卻歸納成爲三項。我底五條是：(1)寶玉不得入學中舉。(2)黛玉不得勸寶玉讀時文。(3)寶釵嫁後，不應如此不堪。(4)鳳姐寶釵寫得太毒，且鳳姐對於黛玉，無害死她的必要。(5)寶玉出家不得寫得如此神奇。（十，六十八信）

頡剛回信上說：『你起訴高鶚的五條，我都不能爲他作辨護士。我以爲他犯的毛病歸納起來有三項：(1)他自己是科舉中人，所以滿懷是科舉觀念，必使寶玉讀書中舉。(2)他也中了通常小說「由邪歸正」的毒，必使寶玉到後來換成一個人。(3)他又中了批小說者「誅心」的成見，必使鳳姐寶釵輩實爲奸惡人。我疑心在他續作時，或已有批本，他也不免受批評人的暗示。』（十，六，二十四信）

他雖沒有考定有正本上評註底年代，但頗已疑心高氏曾及見這類的評語。現在我們知道，有正本評註，卽不在高鶚之前，至少必和他是同時；可見高氏受評註底暗示，這個假定頗有證實底可能。頡剛所歸納的三條，我以爲理由十分充足，無再申說底必要。我們現在要進一步去討論高鶚續書底目的，和他底性格與作者底比較；下了這樣的批評，方才能澈底估定後四十回底價値。我們眞要了解一種作品，非先知道他底背景不可，專就作品本身着眼，總是膚淺的，片面的，不公平的。

我們第一要知道，高鶚只是爲雪芹補苴完功，使此書「顚末畢具」，他並沒有做紅樓夢底興趣，且也沒有眞正創作紅樓夢底可能。我給頡剛的信上說：

「因爲雪芹是親見親聞，自然娓娓言之，不嫌其多；蘭墅是追跡前人，自然只能擧其大概，了結全書。若把蘭墅底親見親聞都夾雜寫了進去，豈不成了一部「四不像」的紅樓夢！……總之，紅樓夢全書若照雪芹做法，至少亦不止一百二十回，蘭墅補了四十回是最少之數了。所以有些潦草了結的地方，我們儘可以體諒蘭墅的。』（十，六，十八，信）

這是說明高氏補書這般草率倉忙的緣故。因他不是曹雪芹，因他胸中沒有活現的賈寶玉，十二釵；所以不容得他不草率倉忙。這決非是高氏底大過失。我們看比他較早的補本，也只有三十回，其中倉忙草率想正和高作相同，（見下卷）可見這是續書不可免的缺陷了。

我更要去說明高作底草率倉忙，到什麼程度。換句話說，就是後四十回是怎樣結搆成功的？以我底眼光看，四十回只寫了主要的三件事，第三項還是零零碎碎的，其實最主要的只有兩項。

(1)黛玉死，寶玉做和尚。
(2)寶玉中舉人。
(3)諸人底結局，很草率的結局。

第三項彙聚攏來可算一項，若分開來看，卻算不了什麼。因爲向來的觀念，無論寫什麼總是『有頭有尾』才算完結；所以高氏只得勉强將書中人底結局點明一下。至於帳簿式的結局，那就不在他底顧慮中了。

老實說，四十回只寫了(1)(2)兩項，而第二項是完全錯了的。我們可用這個來估定高作底價値。我這歸納的結果，是可以實證而非臆想的。試把各回分配于各項之下：

(1)第八十二回，病瀟湘癡魂驚惡夢。
第八十三回，上半節寫黛玉之病深。

第八十四回，試文字寶玉始提親。
第八十五回，唱的戲是冥昇和達摩渡江。
第八十七回，黛玉彈琴而弦忽斷。
第八十九回，蛇影杯弓顰卿絕粒。
第九十一回，寶黛談禪；黛說『水止珠沈，』寶說『有如三寶』
第九十六回，瞞消息鳳姐設奇謀，洩機關顰兒迷本性。
第九十七回，黛玉焚稿
第九十八回，黛玉卒。
第一百四回，寶玉追念黛玉。
第一百八回，死纏綿瀟湘聞鬼哭，
第一百十五回，和尚送通靈玉，

第一百十六回，得通靈幻境悟仙緣。
第一百十七回，阻超凡佳人雙護玉。
第一百十八回，警謎語妻妾諫癡人。
第一百十九回，寶玉卻塵緣。

⑵所引各回，見高鶚續書底依據一篇中，共有六回。

⑴項最多占了十七回。⑵項也占了六回。單是這兩項已占全書之半數。以外便是些零碎描寫敍述，大部分可以包括在⑶項中。只有抄家一事不在其內；但高氏却不喜歡寫這件事；所以在抄家之時，必請出兩位王爺來優禮賈政；既抄之後又要『復世職』『沐天恩』。可見高氏當時寫這段文字，眞是不得已而爲之，並非出於本心。他底本心，只在於使寶玉成佛做祖，功名顯赫。如沒有第二項，寶玉中舉事，那九十八回黛玉卒時，便是寶玉做

和尙的時候了。他果然也因爲如此了結，文情過促，且無以安插寶釵。而最大的原因，仍在寶玉沒有中舉。他以爲一個人沒有中舉而去做了和尙，實在太可惋惜了。我們只看寶玉一中舉後便走，高氏底心眞是路人皆見了。

高氏除寫十二釵還有些薄命氣息，以外便都是些『福壽全歸』的。最是全福是寶玉了。他寫寶玉底結局，括舉爲三項：

(1)寶玉中第七名舉人。

(2)寶玉有遺腹子，將來蘭桂齊芳。

(3)寶玉超凡入聖，封文妙眞人。

他竟是富貴神仙都全備了。神仙長生不老，壽考是不用說的了。高鶚寫賈氏亦復如此，雖抄了家，依然富貴榮華，子孫衆多，全然不脫那些小說團圓迷的窠臼，大謬於作者底本意。但我們更要去推求他致謬底原由，不能不從作者和高氏底性格底比較下手。我給頡剛一信上說：

「我們還可以比較高鶚和雪芹底身世，可以曉得他倆見解底根本區別。雪芹是名士，是潦倒不堪的，是痛惡科名祿利的人，所以寫寶玉也如此。蘭墅是熱中名利的人，是舉人，（將來還中進士，做御史）所以非讓寶玉也和他一樣的中個舉人，心裏總不很痛快。我們很曉得高鶚底「紅學」很高明，有些地方怕比我們還高明些。但在這裏，他卻爲偏見拘住了，好像帶了副有顏色的眼鏡，看出來天地都跟着變了顏色了。所以在那裏看見了一點線索——其實是他底誤認——便以爲雪芹原意如此，毫無愧色的寫了下去，於是開宗明義就是「兩番入家塾」。雪芹把寶玉拉出學堂，送進大觀園；蘭墅卻生生把寶玉重新送進學堂去。

……』（十，十六，九。）

在另一信上又說：

『總之，弟不敢菲薄蘭墅，卻認定他和雪芹底性格差得太遠了，不適宜於續紅樓夢。若然他倆性格相近一點，以蘭墅之謹細，或者成績遠過今作也未可知。』（十，十六，十八。）

我是再三申說，高氏底失敗，不在於『才力不及，』也不在於『不細心謹慎，』實在因兩人性格嗜好底差異，而又要去强合為一，致一百二十回，成了兩橛，正應古語所謂『離之雙美合之兩傷。』我曾有一意見，向頡剛說過：

『紅樓夢如再版，便該把四十回和前八十回分開。後四十回可以做個附錄，題明為高鶚所作。既不埋沒蘭墅底一番苦心和他爲人底個性，也不必强替雪芹穿這一雙不合式的靴子。」

（十六，九。）

高作底庸劣我們知道了，他底所以如此，我們却可以原諒他。總之，說高鶚不該續紅樓夢是對的，說高鶚特別續得不好，却不見得的確；因爲無論誰都不適於續紅樓夢，不但姓高的一個人而已。但高鶚既冒充了雪芹，抖了近一百年，現在偶然倒霉一下，也不算委屈他了！

高鶚冒名頂替，是中國文人底故態，也是一種惡習，我决不想强爲他辨護。但在影響上，高氏底僭號却不爲無功，這雖非他本意所在，而我們却不得不歸功於他。

紅樓夢既沒有完全現存的八十回實在是一小部分，幷且還是比較不重要的部分，所以高非補書不可。前八十回全是紛華靡麗的文字，若沒有煞尾，恐怕不免引起一般無識讀者底誤會。他們必定說：『書上並沒說寶走黛死，何以見得不團圓呢？』當他們豪興勃發的時候必定要來續狗尾，也必定要假傳聖旨依附前人。紅樓夢給他們這一續，那糟糕就百倍於現在了。他們決定要使寶玉拜相封王，黛玉夫榮妻貴，而且這種格局深投合社會底心理，必受歡迎無疑。他們決不辨誰是誰，只一氣呵成的讀了下去。雪芹這個冤枉却無處去訴，而烏烟瘴氣亦不知如何了局。總之，污蠛而已，侮辱而已！幸而高氏假傳聖旨，將寶黛分離，一個走了，一個死了，紅樓夢到現在方才能保持一些悲劇的空氣，不致於和那才子佳人的奇書同流合污。這眞是蘭墅底大功績，不可磨滅的功績。即我們現在約略能揣測雪芹底原意，恐怕也不能說和高作後四十回全無關係。如沒有四十回續書，而全憑我們底揣測，事倍功半定是難免的。且高氏不續，而被妄人續了下去，又把前後混爲一談，我們能有研究紅樓夢底興趣與否，也未始不是疑問。這樣說來，高氏在紅樓夢總不失爲功多罪少的人。

妙得很啊！就事論事，寶走黛死都是高氏造的謠言，雪芹只有暗示，並未正式說到的，而百年來的讀者都上了高氏這一個大當，雖有十二分的難受，至多也只好做什麼紅樓圓夢，鬼紅樓夢……這類怪書，至多也只能把黛玉從墳裏拖出來，或者投胎換骨再轉輪廻。他們決不敢做一部原本紅樓夢，冒了曹雪芹底名姓，這眞是痛快極了！他們可惜不知道原本只有八十回，而八十回中黛玉是好好的活人，原不必勞諸公底起死回生的神力。高鶚這個把戲，可謂坑人不淺。我眞想不到『假傳聖旨』有這樣大的威權。

從這裏，高氏借大帽子來嚇唬人的原因也可猜想了。我從前頗懷疑：

高氏補書這一事既爲當時聞人所知，他自己又不深諱，爲什麼非假託雪芹不可，非要說從鼓擔上買來的不可？現在却恍然有悟了。高鶚謹守作者底原意，寫了四十回沒有下場的大拂人所好的文字，若公然題他底大名，必被社會上一場兜頭痛罵，書亦不能傳之久遠；倒不如索性說是原本，使他們沒處去開口的好。饒你是這樣，後來還有一班糊塗蟲從百二十回續下去。這可見社會心裏，容留不住悲劇的空氣，到什麼程度。若只有八十回本流傳，其危險尤不堪設想。所以高氏底續書，本身上的好歹且不去講他，在効用上看，實在是紅樓夢底護法天王，萬萬少他不得的。我們現在應該感謝高氏替我們開路，更應該代作者感謝他掃清妖孽的一種大功績。我從前頗以高鶚續書假託雪芹爲缺憾，現在卻反釋然了。

我想不到後四十回底批評做得這樣冗長，現在就把他結束，以數語作爲總評。

『高鶚以審愼的心思，正當的態度來續紅樓夢；他寧失之於拘泥，不敢失之於杜撰。其所以失敗：一則因紅樓夢本非可以續補的書，二則因高鶚與曹雪芹個性相差太遠，便不自覺的相違遠了。處處去追尋作者，而始終趕他不上，以致迷途；這是他失敗時底光景。至於混四十回於八十回中，就事論事，是一種過失；就効用影響而論，是一種功德；混合而論是功多而罪少。

『失敗了，光榮地失敗了！』

是我對於高作底讚揚和指斥！

一二，六，一八。

紅樓夢辨 上卷 後四十回底批評 一二三

（五）

高本戚本大體的比較

紅樓夢本子雖多；但除有正書局所印行的戚本以外，都出於一個底本，就是程偉元刻的高氏本。所以各本字句雖小有差異，大體上卻沒有什麼重要的區別，卽使偶有數處，也決不多的。我雖在實際上沒有能拿各本去細細參較一下，但這個斷語卻至少有幾分的眞實。至於高本和戚本因爲當時並無關係，所以很有些不同；雖然也不十分夥多顯著，卻已非高氏各本底差異可比了。這是我草這篇底緣故。

大家知道，高本是一百二十回，回目是全的；戚本只有八十回，連回目也只有八十。看戚蓼生底序上說，實在他所看見的只有八十回書。原來戚氏行輩稍前於高鶚，所以補書一事決非戚氏所知，且他也並沒有補書底志願，戚氏在這一點上，是很聰明的。他說：

『乃或者以未窺全豹爲恨，不知盛衰本是迴環……作者慧眼婆心，正不必再作轉語……彼沾沾焉刻楮葉以求之者，其與開卷而寤者幾希！』（戚本序）

他知道八十回後必定是由盛而衰，以爲不補下去，也可以領悟得，不必去下轉語了。他又以爲抱這種『刻舟求劍』的人，是沾沾之徒；可見不但高鶚挨駡，卽我們也不免挨駡了！

我們既承認戚蓼生那時所見的紅樓夢，回目本文都只有八十之數，就不能不因此承認程偉元所說原本回目有一百二十，是句謊話。（程語見高本程序）程氏所以說謊，正因可以自圓其說，使人深信後四十回也是原作。其實「回目只有八十，」極易證明，決非程氏一語所能遮掩得過，我在前邊，已有專篇論及了。

既如此，就較近眞相這一個標準下看，戚本自較勝於高本；因爲高鶚旣續了後四十回，雖說「原文未敢臆改，」但既添了這數十回，則前八十回有增損之處恐已難免。高氏原曾明說前八十回曾經他校訂，換句話說，就是經他改竄。至於改得好不好，這又是另一問題。

但這兩本底優劣區分，卻又不如此簡單。爲什麼呢？(1)高氏校書，並非全以己意爲準，曾經過一番「廣集各本校勘準情酌理補遺訂訛」的工夫。且高本出後，卽付排付刊，不容易輾轉引起錯誤。(2)戚本直到最近方才影印，百餘年來，只以鈔本流傳，難免傳鈔致悞。且戚本一序，並非親筆寫的；

所以戚蓼生雖前於高鶚，但戚本未必是當時的原本，或者竟是很晚的抄本，也說不定的。既斷不定這是戚氏所見的原鈔本，或是後來的傳鈔本，就不能武斷這本底眞的年代。以我底主觀的眼光推測，這決是輾轉傳鈔後的本子，不但不免錯悞，且也不免改竄。

兩本既互有短長，我也不便下什麼判斷，且也覺得沒有顯分高下底必要。現在只把大體上不同之處說一說，至于微細的差異，這是校勘本書人底事，不是在這裏所應當注意的。我們先論兩本底回目。戚本不但沒有後四十回之目，卽八十回之目亦每與高本不同。現在選大異的幾回列表如下：

(1)第五回
- 高——賈寶玉神遊太虛境，警幻仙曲演紅樓夢。
- 戚——靈石迷性難解仙機，警幻多情秘垂淫訓。

(2)第八回 高—賈寶玉奇緣識金鎖，薛寶釵巧合認通靈。
戚—攔酒興李奶姆討厭，擲茶杯賈公子生嗔。

(3)第九回 高—訓劣子李貴承申斥，嗔頑童茗烟鬧書房。
戚—戀風流情友入家塾，起嫌疑頑童鬧書堂。

(4)第十七回 高—大觀園試才題對額，榮國府歸省慶元宵。
戚—大觀園試才題對額，怡紅院迷路探深幽。

(5)第二十五回 高—魘魔法叔嫂逢五鬼，通靈玉蒙蔽遇雙眞。
戚—魘魔法姊弟逢五鬼，紅樓夢通靈遇雙眞。

(6)第二十七回 高—滴翠亭寶釵戲彩蝶，埋香冢黛玉泣殘紅。
戚—滴翠亭楊妃戲彩蝶，埋香冢飛燕泣殘紅。

(7)第三十回{高——椿齡畫薔……
戚——齡官畫薔……

(8)第六十五回{高——賈二舍偸娶尤二姨，尤三姐思嫁柳二郎。
戚——膏粱子懼內偸娶妾，淫奔女改行自擇夫。

(9)第八十回{高——美香菱屈受貪夫棒，王道士胡謅妒婦方。
戚——懦弱迎春腸廻九曲，嬌怯香菱病入膏肓。

從上表看，(1)(5)(6)三項高本均較戚本好。戚本肉麻可厭，高本則平實通達。(3)(7)均戚本佳。齡官不得說『椿齡，』李貴受斥不應列入回目。(8)可謂無甚好歹，高本較直落些而已。(4)因分回不同，故目亦不同。(2)(9)兩項，不能全以回目本身下判斷。

我們先說⑷項。戚本之第十七回，較高本爲短，以園游旣畢寶玉退出爲止；所以回目上只說「怡紅院迷路探深幽」至於黛玉剪荷包一事，戚本移入第十八回去。高本之第十七回，直說到請妙玉爲止，關涉元春歸省之事，所以回目上說『榮國府歸省慶元宵』這兩本回目所以不同，正因爲分回不同之故。我們要批評回目底優劣，不如批評分回底優劣較爲適當些。

現行的亞東書局本，這兩回分回方法完全依照高本，而改了回目。他所改的出於杜撰無所依據，不免太魯莽些。如古人底書偶有未妥之處，可憑主觀的意見亂改；那麼一改再改之後，何從再看見原來的面目呢！所以我以爲亞東本之第十七回目，作『疑心重負氣剪荷包』是不妥貼的。

至於高戚兩本底分回，我以爲是戚本好些，理由有三：⑴從游園後寶玉退出分回段落較爲分明。⑵教演女戲，差人請妙玉，和高本第十八回開頭所敘各事相類，都是作元春歸省底預備，這處不得橫加截斷，分成兩橛。⑶第十七回『榮國府歸省慶元宵』第十八回『皇恩重元妃省父母』實在是太重複了。且在第十七回中，高本也並無慶元宵之事，回目和本文不相符合。以這三個原因，我寧以戚本爲較佳。汪原放君以爲怡紅院是賈妃所定的名字，不能先說，爲戚本病。我却以爲無甚大關係。賈政等迷路的地方是將來的怡紅院，回目上先提一下有何不可？汪君在這裏，又似乎太拘泥了些。

第⑵項就回目底文字批評，高本似乎較好；就本文底事實對看，兩本簡直是半斤八兩；就書中大意看，這就不容易說了。第八回共敘述三件事：⑴釵玉互看通靈金鎖；⑵寶黛兩人在薛姨媽處喝酒；⑶寶玉回去摔茶杯。

高本之目只說了⑴項，雖然扼要，未免偏而不全。戚本之目，包舉⑵⑶兩項，却遺漏了本回最重要的⑴項，亦屬不合。總之，兩本這一回之目，犯了同一個毛病，就是只說了一部分，不能包舉全體；不過高本回目較爲穩妥漂亮，戚本用『賈公子』不合全書體例，未免不倫不類。

若就書中大意作批評，這就很不容易說了。我們試想，高戚兩本，這一個回目是完全不同的，不但字面不同，意義亦絕不同，在八十回書內實爲僅見。這一點上我們須得加一番攷慮。我們第一要知道，這決非僅是一本傳鈔底歧異，是兩本底區別。戚本眉批上說：『作者點明金玉，特不欲標入回目，明明道破耳。』反過來說，高本是欲明明道破的。高本第八回之目如此，明是作後文金玉成婚底張本；而戚本却只有八十回，沒有前後照應底必要，所以不欲明明道破。依我看來，戚本之回目或者是較近眞的。

我先假定八十回中本文回目，多少經過高氏底改竄，我們看高鶚底紅樓夢引言上說：

『……今復聚集各原本，詳加校閱，改訂無訛。……』

這還是有依據的改正，不是臆改。但下一條又說：

『……其間或有增損數字處，意在便於披閱，非敢爭勝前人也。』

這是明認他曾以己意改原本了。雖他只說增損數字，但在實際上，恐怕決不止數字。他雖說，『非敢爭勝前人；』但已可見他底本子，有許多地方，爲前人所未有。不然，他又何必要自解於『爭勝前人』這一點？

最可笑的，他對於自己做的後四十回，反裝出一副正經面孔，說什麼『至其原文，未敢臆改。』他自己底大作，已經改了又改，到自以爲盡善盡美了，方才付印，如何再能臆改呢？這眞是高氏欺人之談，無非想遮掩他底補綴的痕跡，無奈上文已明說後四十囘無他本可考，所謂「欲蓋彌彰」了。

既承認了這個假定；那麼，第八囘之目，就可以推度爲高氏底改筆——臆改或有依據的。高氏爲什麼要如此呢？因爲可以判定金玉姻緣，使他底「寶釵出閨成禮」一節文字，鐵案如山，不可搖動。至於戚本，囘目數與原本同，自然沒有這個必要作者卽有意使金玉團圓，也不必在囘目中明明道破，使讀者一覽無餘。高氏却有點做賊心虛，不得不引囘目以自重了。這原是一種揣測，不能斷定，不過却是很可能的揣測罷了。

對於⑼項，我也有相同的批評。就第八十囘之目本身而論，高本是較爲妥當。卽以此囘本文及上囘之目參看，高本也很好。戚本這一個囘目有兩個毛病：⑴第七十九回，既說賈迎春誤嫁中山狼，這回又說『懦弱迎春腸廻九曲，』未免有重複之病。⑵第八十回本文先叙香菱受屈，後叙迎春歸寧訴苦，即使要列入回目，亦當先香菱而後迎春，何得顛倒？

但高本這回目卻甚可疑，不得不說一說。王道士謅妬婦方，不過隨意行文，略弄姿態，並無甚深意，無列入回目之必要。此可疑一。高氏後來寫香菱，有起死回生之功，鬧了一個大笑話。這裏若照戚本作『香菱病入膏肓，』豈不自己打嘴巴？這顯有改竄的痕跡，可疑二。但戚本這回目亦非妥善，我們也不能斷定原本究竟作什麽。

在論兩本子底回目以後，有一句話可以說的。我想，紅樓夢既是未曾完稿的書，回目想是極草率的，前後重複之處原不可免。到高鶚補了後四十回，刊板流傳，方才加以潤飾，使成完璧。所以高本底回目，若就文字上看，實在要比戚本漂亮而又妥當正是因爲有這番修正底工夫而戚本囘目底幼稚，或者正因這個，反較近於原本。我們要搜討紅樓夢底眞相，最先要打破『原書是盡善盡美的』這個觀念。否則便不免引入歧途。卽如第八十囘之目，我以爲原本或者竟和戚本相仿彿，亦未可知。高鶚一則因他重複顚倒，二則因不便照顧香菱底結局，於是把他改了。

兩本囘目底異同既明，我們於是進而論到兩本底本文。這自然是很繁瑣的，我只得略擧大概，微細的地方一概從省。但卽是這樣論列，已是很煩重的了。

自然最重要的是第一囘作者論此書底効用，在高本上說：

『……復可破一時之悶，醒同人之目……』

『只願世人當那醉餘睡醒之時……把此一玩……』

戚本却作：

「復可悅世之目，破人愁悶……」

「只願他們當那醉飽淫臥之時……把此一玩……」

這眞是所謂「失之豪釐謬以千里」了！在這些地方，刻本自然不可菲薄。

我們把這兩條分別解一下，優劣自見。

高本	戚本
「醒同人之目，」指我輩而言，明以外不與。	「悅世之目，」指世俗，世間而言。
「破一時之悶，」指自己底悶懷。	「破人愁悶，」指他人底愁悶。
「醉餘睡醒，」覺悟之初。	「醉飽淫臥，」沈淪之日。

依高本看，紅樓夢是文學，是喚醒癡迷，陶寫性靈的；依戚本看，紅樓夢是閑書，是爭妍取媚，噴飯下酒的。這實是很緊要的關鍵，不可以不詳辨。

在這回裏，戚本還有兩節很荒謬的文字，高本也是沒有的。引如下：

『市井俗人喜看理治之書者甚少，愛看適情閑文者特多。』

『因見上面雖有指奸責佞，貶惡誅邪之語，亦非罵世之旨，及至君仁臣良，父慈子孝，凡倫常所關之處，皆是稱功頌德，眷眷無窮，實非別書可比。』

可憐！紅樓夢才脫了『優孟衣冠，』又帶上『方頭巾』了。情不可適，反在紅樓夢中來講求理治；這是什麼話！貶惡誅邪，稱功頌德，眷眷於倫常，豈眞是『一臉之紅榮於華袞，一鼻之白嚴於斧鉞』嗎？這又是什麼話！我從前曾說過戚本大謬之處甚多，凡這些地方都可以作證。這也並非傳鈔之誤，實在是後來人有意加添改竄的這層意思，後文再須詳說。

在第二回裏，有一點高本是錯了，應照戚本改正。如戚本不發見，這個矛盾是無法解決的。王雪香紅樓夢存疑裏面說『一回云「生元春後次年即生啣玉公子，」後復云「元春長寶玉二十六歲」又言「在家時訓詁寶玉」……』（一回疑是二回之誤，訓詁疑是訓過之誤。）他已見到這點上欠妥但現在把戚本和高本對舉，這就不成爲問題。

『第二胎生了一位小姐，（元春）……不想次年又生了一位公子（寶玉），……』（高本）

因有『次年』一詞，所以前後矛盾戚本這回文不作次年，却作後來，便一點問題沒有了。這是抄本可以校刻本底錯誤底一個例子。

還有一處，也是高本底疏漏，應照戚本補的。第十六回尾，寫秦鍾臨死光景，有鬼判及小鬼底一節談話。高本只寫衆小鬼抱怨都判胆怯爲止，下邊接一句「畢竟秦鍾死活如何，」這回就算完了。到第十七回開場秦鍾卻已死了，與情理未免有兩層不合：(1)寶玉特意去別秦鍾的，自應當有一番言語，文情方圓。(2)因寶玉來了，都判嚇慌，明是下文要放秦鍾還陽與寶玉一叙；否則直白叙去卽可，何必幻出小鬼判官另生枝節？依高本這麼說，豈不是都判見識反不如小鬼，秦鍾就這般悶悶而死的，不但文情欠佳，卽上下文勢亦不連貫。我以爲這回之末，衆鬼抱怨都判以後，應照戚本補入這一節。

『都判道：「放屁！俗語說的好，天下官管天下民。陰陽並無二理，別管他陰，也別管他陽，沒有錯了的。」衆鬼聽說，只得將他魂放回，哼了一聲，微開雙目，見寶玉在側，乃勉強嘆道：「怎麼不早來再遲一步，也不能見了！」寶玉攜手垂淚道：「有什麼話，留下兩句？」秦鍾道：「並無別話！以前你我見識，自爲高過世人，我今日才知自悞了！以後還該立志功名，以榮耀顯達爲是。」說畢，便長嘆一聲，蕭然長逝了』（『自』『爲』中間疑脫一『以』字）

補了這段文字，卻是妥當得多。雖然秦鍾最後一語，有點近於『祿蠹』底口吻；但他臨命時或不能不悔，正與第一回語相呼應。以外各處口吻底描寫，事蹟底敘述，亦都合式，很有插入底資格。

第二十二回製燈謎，兩本有好幾處不同。現在分項說明：

(1)高本上惜春沒有做燈謎，戚本卻是有的。她底燈謎是『佛前海燈』文曰：

「前身色相總無成，不聽菱歌聽佛經。莫道此生沉墨海，性中
自有大光明。」

依我看，三春既各有預兆終身之謎，惜春何得獨無。況此謎亦甚好，應照戚本補入爲是。

(2)高本中黛釵各有一謎；而戚本中黛玉無謎。高本所謂黛玉之謎，戚本以爲寶釵所作，高本寶釵之謎，不見于戚本。所以——

「朝罷誰攜兩袖煙……」

這一首七律，打的是更香，高本以爲是黛玉底，戚本卻以爲是寶釵底。至于——

「有眼無珠腹內空，荷花出水喜相逢。梧桐葉落紛離別，恩愛
夫妻不到冬。」

高本以爲是寶釵所作的，戚本上却完全沒有。這一點也很奇怪。這一謎極重要——依高本看——可以斷定寶釵底終身是守寡；何以戚本獨獨沒有？我也疑心，這是高氏添入的，專爲後文作張本而設，和改第八回之目是一個道理。

(3)寶玉一謎，打的是鏡子，高有戚無。我依文理看，戚本是對的，應照他删去爲是。因爲本回下面鳳姐對寶玉道：『適纔我忘了，爲什麼不當著老爺攛掇，叫你也作詩謎兒？』她既說是忘了，是明明沒有攛掇賈政，叫寶玉作謎。若寶玉已做了極好的詩謎，鳳姐豈能拿這個來嚇唬寶玉呢？這是極容易明白，不消多說的。

戚本雖也有好處，但可發一笑的地方，却也不少。如高本第二十五回，『賈政心中也着忙。當下衆人七言八語，……』文氣文情都很貫串，萬無脫落之理。而戚本却平白地插進一段奇文，使我們爲之失笑。

『賈政等心中也有些煩難，顧了這裏，丟不了那裏。別人慌張自不必講。獨有薛蟠更比諸人忙到十分了，又恐薛姨媽被人擠倒，又恐薛寶釵被人瞧見，又恐香菱被人臊皮，知道賈珍等是在女人身上做工夫的，因此忙的不堪；忽一眼瞥見了林黛玉風流婉轉，已酥倒那裏。當下衆人七言八語……』（『倒』『那』中間疑脫一『在』字）

不但文理重沓不通，且把文氣上下隔斷不相連絡。請問在舉家忙亂的時候，夾寫薛蟠之獃相，成何文法？評注人反說：『忙中寫閑，眞大手眼，大章法！』這眞是別有會心，非我輩所知了。

高本第三十七回，賈芸給寶玉的信，末尾有『男芸跪書，一笑。』這是錯了。書中敘賈芸寫信，文理不通有之，萬不會在『男芸跪書』之後，加上『一笑』一詞。這算什麼文法？一看戚本便恍然大悟了。戚本這一處原文作『男芸跪書一笑』，一笑是批語，不是正文，所以夾行細寫。高本付刻時，因一時沒有留心，將批語并入正文，從此便以誤傳誤了。但高氏所依據的鈔本，也有這批語，和戚本一樣，這却是奇巧的事。

第四十二回，寶玉看寶釵爲黛玉攏髮，這一段癡想，高本寫得極風流，戚本却寫得很煞風景。我並引如下：

『寶玉在旁看着，亦覺更好，不覺後悔；不該令他抿上鬢去，也該留着，此時叫他替他抿上去。』（高本）

（第一及第三之他是指黛玉，第二之他指寶釵。）

『寶玉……叫我替他抿去。』（戚本）

（我是寶玉自指。）

這一個『我』字錯得好利害啊！照高本看，寶玉不愧『意淫』之名；被戚本這一誤，寶玉簡直墮落到情場底餓鬼道。高本所寫的光景，情趣，何等的風華可喜；生生被一個『我』字蹧蹋了。凡這等地方，雖只有一字之差，却所關很大，我不得不辨一下。

且不但風格底優劣逈殊，卽以文詞底結構論，這個『我』字萬萬安他不下。爲什麼呢？上文明有『也該留着』一兼詞，（高戚兩本同）正爲說明此語之用，言當初不該讓黛玉自己攏髮，最好留着，一起讓寶釵替他抿上去。若寶玉想自己爲黛玉攏髮，何必說什麼留着？因爲卽使是留着，也與寶玉無干。寶玉在這回書上本沒有替黛玉抿髮，何必惋惜呢？而且上文所謂『只覺更好』一兼詞，如下文換了『我』字，又應當作何解釋？寶釵替黛玉抿鬢所以能說更好。以如此好的風情，而寶玉要親自出馬，豈不是煑鶴焚琴，大殺風景呢？這類謬處，都是後來傳鈔人底一己妄見，奮筆亂改所致。他們因被這好幾個他字攪擾不清，依自己底胸襟，莫妙於換一我字，方足以寫寶黛底親昵。我們看戚本底眉評，就可以恍然於這類妄人底見解了。（戚本這回眉評說：「今本將我字改作他字，不知何意？」）

第四十九回，寫香菱與湘雲談詩之後，寶釵笑話她們；高戚兩本有繁簡底不同，而戚本却很好，可以照補。

『「……又怎麼是溫八叉之綺靡，李義山之隱僻；癡癡顛顛，那裏還像兩個女兒呢？」說得香菱湘雲二人都笑起來。』（高本）

『「……李義山之隱碎。放着現在的兩個詩家不知道，提那些死人作什麼？」湘雲聽了，忙笑問：「現在是那兩個好姐姐，告訴我！」寶釵笑道「獃香菱之心苦，瘋湘雲之話多。」二人聽了都大笑起來。』

戚本所作，不但說話神情，極其蘊藉聰明；且依前後文合看，這後來寶釵一語，萬萬少不得的。因爲如高本所作，寶釵說話簡直是敎訓底口吻，別無甚可笑，二人怎麼會都笑起來？必如戚本云云，方才有可笑之處，且妙合閨閣底神情。否則，一味的正言厲色，旣不成爲寶釵，又太殺風景了。

第五十三回，寫賈母慶元宵事，戚本較高本多一大節文字，雖無大關係，卻也在可存之列。現在引如下：

『原來繡這瓔珞的，也是個姑蘇的女子，名喚慧娘。因他亦是書香宦門之家，他原精於書畫，不過偶然繡一兩件針線作耍，並非世賣之物。凡這屏上所繡之花卉，皆倣的是唐宋元各名家的折枝花卉；故其格式皆從雅本來，非一味濃豔匠工可比。每一枝花側，皆用古人題此花之舊句，或詩或歌不一，皆用黑絨繡出草字來，且字跡勾踢轉折輕重連斷，皆與筆寫無異，亦不比市繡字跡，倔强可恨。他不仗此獲利，所以天下雖知，得者甚少。凡世宦富貴之家，無此物者甚多。當今稱爲「慧繡。」竟有世俗射利者，近日倣其針跡，愚人獲利。偏這慧娘命夭，十八歲便死了，如今再不能得一件的了。所有之家，亦不過一兩件而已，皆惜若寶玩一般。更有那一干翰林文魔先生們，因深惜慧繡之佳，便說這「繡」字不能盡其妙，這樣針蹟，只說一「繡」字，反似乎唐突了，便大家商議了，將「繡」字隱去，換了一個「紋」字；所以如今都稱爲「慧紋。」若有一件眞慧紋之物，價則無限。賈府之榮，也只有兩三件。上年將兩件已進了上，目下只剩這一副瓔珞，一共十六扇。賈母愛之，如珍如寶，不入請客各色陳列之內，只留在自己這邊，高興擺酒時賞玩。』

這雖沒有深意，却決不在可删之列，不知高本爲什麽少此一節。或者高鶚當時所見各抄本，都是沒有這一節的，也未可知。現在看這節文字，很可以點綴繁華，並不蕪雜可厭。

最奇特的，是戚本第六十三回寫芳官一節文字。芳官改名耶律雄奴這一件事，高本全然沒有，在寶玉投帖給妙玉以後，便緊接着平兒還席的事。戚本却在這裏，插入一節不倫不類的文字。因爲原文甚長，不便全錄，只節引有關係的一節：

『寶玉忙笑道：「……旣這等再起個番名，叫耶律雄奴，二音又與匈奴相通，都是犬戎名姓，況且這兩種人，自堯舜時便爲中華之患，晉唐諸朝，深受其害，幸得偺們有福生在當今之世，大舜之正裔，聖虞之功德，仁孝赫赫格天，同天地日月億兆不朽，所以凡歷朝中跳梁猖獗之小醜，到了如今，不用一干一戈，皆天使其拱俛，緣遠來降，我們正該作踐他們，爲君父生色」芳官笑道：「……何必借我們，你鼓脣搖舌，自己開心作戲，卻自己稱功頌德？」寶玉笑道「所以你不明白。如今四海賓服，八方寧靜，千秋萬載，不用武備，偺們雖一戲一笑，也該稱頌，方不負坐享昇平了。」……」

這竟全是些夢話，不但全失寶玉底口吻，神情，而且文詞十分惡劣，令人作嘔。即看文章前後氣勢，也萬萬不能插入這一節古怪文字。但戚本何以要增添這麼多的夢話？這不會是傳鈔之誤，我以爲是有意添入的。我們只參看第五十二回，眞眞國女子底詩末聯，高本作『漢南春歷歷，焉得不關心』；戚本卻作『滿南』。這個緣故，便可以猜想而得了。

以作者底身世，環境，及所處的詩代而論，絕不容易發生民族思想。即使是有的，在當時森嚴的文禁之下，也決不會寫得如此顯露；以作者底心靈手敏，又決不會寫得如此拙劣。我以這三層揣想，寧認高本爲較近眞相的，戚本所作是經過後人改竄的。

爲什麼要改竄？這是循文索義便可知曉的。至於在什麼時候經過改竄，卻不容易斷定了。第一，這決不是戚蓼生所及見的，也不是他底改筆。因爲戚氏生在乾隆中年，曾成進士，做官，決非抱民族主義的人，且亦決不敢爲有民族思想的書做序。第二，這數節文字底插入，似在高本刊行之後，我疑心竟許是有正書局印行時所加入的。因爲戚本出世底時代，正當民國元年；這時候，民族思想正瀰漫於社會，有正書局底老板，或者竟想以此博利，也未可知。這雖是無據之揣想，卻可以姑備一說。我看這幾節文字底顯露，生硬，很不像清代文人之筆。（有正書局印行戚本，確在民國元年，我那時在上海，曾見過這個本子。但我現在手頭之本，卻寫的是『民國九年三月初版，』這眞不知其命意所在？讀者必有在民九以前，見過戚本的，可以作我說底印證。）

全回文字幾全不同的，是第六十七回。高鶚底引言曾說：『如六十七回此有彼無，題同文異……』果然我們把兩本第六十七回一對看，回目雖相同，本文卻是大異。這相異之處，或者是戚本之眞相，與上邊所說經後人改竄的有些不同。這自然，我不能全然徵引來比較，只好約略說一點。

戚本這囘文字，比高本多出好幾節，舉重要的如下：

(1)寶玉黛玉寶釵一節談話。（卷七，五頁）

(2)寶玉和襲人談話。（七頁）

(3)襲人和鳳姐一大節談話，幷說巧姐底可愛。（九頁）

(4)鳳姐和平兒談尤二姐事，明寫鳳姐設計底很毒。（十一，十二頁）

多少相仿而文字不同的又有兩節：

(1)趙姨娘對王夫人誇寶釵一節。（六頁）

(2)鳳姐拷問家童一節。（十，十一頁）

總說一句，全囘文字都幾乎全有差異，是在八十囘中最奇異的一囘，且在高鶚時已經如此的。我們要推求歧異底來原，只得歸於抄本不同之故；但抄本何以在這一回獨獨多歧，當時的高氏，也沒有能說明，我們也只好『存而不論』了。

至於優劣底比較，從大體上看，高本是較好的。譬如鳳姐拷問家童一節，高本寫得更有聲色；鳳姐和平兒談話，及設計一節，高本只約略點過，較爲含蓄。第一項中底(1)(2)兩節文字，都可有可無，有了並不見佳。只第二項底(1)節，戚本似不壞。第一項中底(3)節，戚本雖稍見長，不如高本底簡潔，但描寫神情口吻頗好；說巧姐可愛一節文字，尤不可少。巧姐是書中重要人物之一，而八十回中很少說及，戚本多這一節極爲適當。優劣本是相對的，我只就主觀的見解，以爲如此。

戚本在第六十九回，又多了一節贅瘤文字，大可以刪削的。這回正寫鳳姐如何處置尤二姐及秋桐，戚本却橫插一節前後不接的怪文。現在引

如下

「……一面帶了秋桐來見賈母與王夫人等，賈璉也心中納罕。那日已是臘月二十日，賈珍起身先拜了宗祀，然後過來辭拜賈母等人。合族中人直送到洒淚亭方回，獨賈璉賈蓉送出三日三夜方回，……且說鳳姐……」

在「納罕」「且說」之間這一節文字，高本上都是沒有的。戚本却添了四行字，實在沒有道理。不但上文沒有說賈珍要到那裏去，下文沒有說回來，蹤跡太不明瞭。且正講鳳姐，爲什麼要夾寫賈珍遠行，文理未免有些「欠通」。即寫賈璉賈蓉送行送了三日三夜方回，也不像話。賈珍去了，後來沒寫他回來，却已自己回來了，更不像話。（第七十一回）但如沒有這一節，同回賈璉說「家叔家兄在外，」却沒有着落。只有這一個理由可以爲這一節作辨解。

在同回戚本有一節極有意義的文字，遠勝高本，很可以解嘲的戚本上說：

『只見這二姐面色如生，比活着還美貌。賈璉又摟着大哭，只叫：「奶奶！你死的不明！都是我坑了你！」賈蓉忙上來勸：「叔叔，解着些兒。我這個姨娘，自己沒福。」說着，又向南指大觀園的界牆。賈璉會意，只悄悄跌腳說：「我想着了。終究對出來，我替你報仇。」』

高本把這一節完全删了，只在下邊添寫『賈璉想着他死得不分明，又不敢說』一語，作爲補筆，却不見好。因這節文字可以斷定鳳姐底結局，極爲緊要，萬無可删之理。且尤二姐暴死，以鳳姐平素之爲人，賈璉又何得不懷疑？故以文情論，這一節亦是斷斷乎不可少的，何況描寫得極其鮮明而深刻呢？

第七十回，高本也有一點小小的疏漏，應依戚本改正。現引戚本一節，括弧中的是高本所沒有的文字。

『只見湘雲又打發翠縷來說：「請二爺快去瞧好詩。」（寶玉聽了忙問：「那裏的好詩？」翠縷笑道：「姑娘們都在沁芳亭上，你去了便知。」）寶玉聽了，忙梳洗了出來，果見黛玉……都在那裏……』

高本既少了括弧中的一節，下文所謂『那裏』便落了空。不如戚本明點沁芳亭，較爲妥貼。亞東本依此添入，是。

第七十五回，有一節文字，我覺得戚本好些。現在把兩本所作並列如下：

『尤氏……一面洗臉，丫頭只彎腰捧着臉盆。李紈道：「怎麼這樣沒規矩！」那丫頭趕着跪下。尤氏笑道：「我們家下大小的人，只會講外面假禮假體面，究竟做出來的事都毃使的了！」』

（高本）

『小丫環炒豆兒捧了一大盆溫水，走至尤氏跟前，只彎腰捧着。銀蝶笑道：「……奶奶不過待偺們寬些，在家裏不管怎樣罷了。你就得了意，不管在家在外，當着親戚也只隨便罷了。」尤氏道：「你隨他去罷，橫豎洗了就完事了。」炒豆趕着跪下。（下同）』

（戚本）

這雖是不甚關緊要的文字；但依高本，却很不合說話時底情理。李紈責備小丫頭底沒規矩，而尤氏卽大發牢騷，說外面講禮貌的人，作事都够使的，豈不是當面罵人？況且書中寫李紈平素和易，怎麽這一回對於小事如此的嚴聲厲色？戚本所作似很妥當，補尤氏說「隨他去罷」一語，亦是應有的文章。

還有一節底異文，雖論不到誰好誰歹，卻是很有趣的。高鶚底四十回，在第一百九回，有『候芳魂五兒承錯愛』一大節很有精采的文章，柳五兒明明是個活人。但據戚本八十回中柳五兒已早死了。我引戚本獨有的一節文字：

『王夫人笑道：「你還强嘴！我且問你前年我們往皇陵上去，是誰調唆寶玉要柳家的五兒丫頭來着？幸而那丫頭短命死了！……」』（第七十七回）

所以若依戚本去續那五兒承錯愛一節，根本上是要不得的。但高本底第七十七回因沒有這一節文字，前後還可以呼應，我們也不能判什麼優劣，只能說他們不相同而已。

但却有兩層題外的揣想，可以幫助我們的。(1)高鶚所見的各鈔本，戚本並不在內；因爲高氏如見有一種鈔本上面明寫五兒已死，他決不會作第一百九回這段文章。(2)再不然，便是高鶚曾經修改過八十回本，將這一節文字刪去，使他底補作不致自相矛盾。這兩層揣想，必有一個是眞實的，但我却不能斷定是那一個。

就兩本底本文回目底大體約略比較一下，已占了這麼長的篇幅，恐怕還因我繙檢匆忙，仍不免有遺漏之處。好在我並不是要做校勘記，卽脫略了幾處，也無甚要緊。倒是篇幅底冗長，使讀者感到沉悶，我却深抱不安的。現在只說一點零碎的話，拿來結束本篇。有正書局印行的戚本，上有眉評，是最近時人加的，大約卽在有正書局印行本書的時候。看第三回眉評，曾說西餐底儀節，可見是最近人底筆墨了。這位評書人底見解，實在不甚高明。他所指出戚本底佳勝之處，實在未必處處都佳；他所指出兩本底歧異之點，實在有些是毫無關係。到眞關重要的異文，他反而不說了。我當時如就這眉評來草本篇，其失敗必遠過於現在。因爲他底不可靠，所以仍費了我很多的翻檢底功夫。這是我在這裏表示遺憾的。

戚本還有一點特色，就是所用的話幾乎全是純粹的北京方言，比高本尤爲道地。我因爲這些地方不關重要，所以在上文沒有說到，但分條比較去雖是很小，綜觀全書却也是個很顯著的區別，不能不說一說。雪芹是漢軍旗人，所說的是他家庭中底景況，自然應當用逼眞的京語來描寫。卽以文章風格而言，使用純粹京語，來表現書中情事亦較爲明活些。這原是戚本底一個優點，不能够埋沒。惟作眉評人碰到這等地方，必處處去恭維一下，實在大可不必。他們總先存着一個很深的偏見，然後來作評論，所以總毫無價値可言。王雪香底高本評語，也是一味的濫譽，正犯了同一的毛病。我作這篇文字，自以爲是很平心的，如應了『後之視今，亦猶今之視昔』這句老話，那却就糟了！

一二，六，十六。

紅樓夢辨中卷

（六）

作者底態度

大家都喜歡看紅樓夢；更喜歡談紅樓夢；但本書底意趣，卻因此隱晦了近二百年，這是一件很不幸的事情。其實作書底意趣態度，在本書開卷兩回中已寫得很不含糊，只苦於讀者不肯理會罷了！歷來『紅學家』這樣懞懂，表面看來似乎有點奇怪；仔細分析起來，有兩種觀察，可以說明迷誤底起原。

第一類『紅學家』是猜謎派。他們大半預先存了一個主觀上的偏見，然後把本書上底事蹟牽强傅會上去，他們底結果，是出了許多索隱鬧得烏烟瘴氣不知所云。他們可笑的地方，胡適之先生在紅樓夢考證一文中，已說得很詳備的了。這派『紅學家』有許多有學問名望的人，以現在我們底眼光看去，他們很不該發這些可笑的議論。但事實上偏鬧了笑話。

爲什麼呢？這其中有兩個原故：⑴他們有點好奇，以爲那些平淡老實的話，決不配來解釋紅樓夢的。⑵他們底偏見實在太深了，所以看不見這書底本來面目，只是顏色眼鏡中的紅樓夢。從第一因，他們寧可相信極不可靠的傳說，（如董小宛明珠之類）而不屑一視雪芹先生底自述，眞成了所謂『目能見千里之外，而不能自見其眉睫』了。從第二因，於是有把自己底意趣投射到作者身上去。如蔡孑民先生他自己抱民族主義，而强謂紅樓夢作者持民族主義甚摯，書中本事在弔明之亡，揭淸之失等等。

（石頭記索隱）作者究竟有無這層意思，其實很不可知；因爲在本書裏並無確證，那些傅會的話似無足信。以我想來，曹家是正白旗漢軍，並且是大族。雪芹生在這個環境中間，未必主張排滿弔明的。我這層揣想，雖不能證實，但很可以知道蔡先生這個判斷，是含有多少偏見在內的。總之，求深反淺，是這派『紅學家』底通病。

第二類『紅學家』我們叫他消閒派。他們讀紅樓夢底方法，那更可笑了。他們本沒有領略文學底興趣，所以把紅樓夢只當作閒書讀，對於作者底原意如何，只是不求甚解的。他們底態度，不是賞鑑，不是研究，只是借此消閒罷了。這些人原不足深論，不過有一點態度却是大背作者底原意。他們心目中只有賈氏家世底如何華貴，排場底如何闊綽，大觀園風月底如何繁盛，於是恨不得自己變了賈寶玉，把十二釵做他妻妾才好。這種窮措大底眼光，自然不值一笑；不過他們却不安分，偏要做紅樓夢底九品人表，那個應褒，那個應貶，信口雌黃，毫無是處，幷且以這些阿其所好底論調，强拉作者來做他底同志。久而久之，大家彷彿覺得作者原意也的確是如此的；其實他們幾時攷究過書中本文來，只是隨便說說罷了。

這兩段題外的文章，却很可以幫助我們了解紅樓夢作者底眞態度，可以排除許多迷惑，不致於蹈前人底覆轍。我們現在先要講作者做書底態度。

要說作者底態度，很不容易。我以爲至少有兩條可靠的途徑可以推求：第一，是從作者自己在書中所說的話，來推測他做書時底態度。這是最可信的，因爲除了他自己以外，沒有一個人能完全了解他底意思的。雪芹先生自序的話，我們再不信，那麼還有什麼較可信的證據？所以依這條途徑走去，我自信不致於迷路的。第二，是從作者所處的環境和他一生底歷史，拿來印證我們所揣測的話。現在不幸得很，關於雪芹底事跡，我們知道的很少；但就所知的一點點，已足拿來印證推校我們從本書所得的結果。我下面的推測都以這兩點做根據的，自以爲雖不能盡作者底原意，却不至於大謬的。

紅樓夢底第一第二兩回，是本書底楔子，是讀全書關鍵。從這裏邊看來，作者底態度是很明顯的。他差不多自己都說完了，不用我們再添上費話。

(1)紅樓夢是感歎自己身世的，雪芹爲人是狠孤傲自負的，看他底一生歷史和書中寶玉底性格，便可知道；並且還窮愁潦倒了一生。所以在本書楔子裏說道：

『風塵碌碌，一事無成』

『當此日……以致今日一技無成，半生潦倒之罪，編述一集以告天下』

那媧皇只用了三萬六千五百塊，單單剩下一塊未用，棄在青埂峯下。誰知此石自經煅煉之後，靈性已通，……因見衆石俱得補天，獨自己無才不得入選，遂自怨自媿，日夜悲哀』

『無才可去補蒼天，枉入紅塵若許年，此係身前身後事，倩誰記去作奇傳？』

『石兄你這段故事，據你自己說來有些趣味，故鐫寫在此』

『身後有餘忘縮手，眼前無路想回頭』

『其中想必有個翻過觔斗來的也未可知』（以上引文皆

見紅樓夢第一第二兩回。）

從這些話看來，可以說是明白極了。石頭自怨一段，把雪芹懷才不遇的悲憤，完全寫出。第二回賈雨村論寶玉一段，亦是自負。書中凡貶寶玉只是牢騷話頭，不可認爲實話。如第三回西江月一詞，似罵似贊，痛快之極。一則曰，『行爲偏僻性乖張，那管世人誹謗？』二則曰，『天下無能第一，古今不肖無雙。』世人誹謗可以不顧，正足見雪芹特立獨行，翛然物外。無能不肖，雖是近於罵，而第一無雙，則竟是贊。凡書中說寶玉處，莫不如此，足見雪芹自命之高，感憤之深，所以紅樓夢一書，如箭在弦上，不得不發。書原名石頭記，正是自傳底一個鐵證。既曉得書中以作者——即寶玉——爲主體，所以一切敍述情事，皆只是畫工底後襯，戲臺上底背景，並不占最重要的位置。世人讀紅樓夢只記得一個大觀園，眞是『買櫝還珠』啊！

(2)紅樓夢是情場懺悔而作的。雪芹底原意或者是要叫寶玉出家的，不過總在窮途潦倒之後，與高鶚續作稍有點不同。這層意思，也很明顯，可以從紅樓夢一名情僧錄看出。所以原書上說：

「知我之負罪固多。」

「更於書中間用夢幻等字，都是此書本旨，兼寓提醒閱者之意。」

「空空道人遂因空見色，由色生情，傳情入色，自色悟空；遂改名情僧，改石頭記爲情僧錄。東魯孔梅溪題曰風月寶鑑。」（見第一囘）

警幻說：「……或冀將來一悟，未可知也。」

「快休前進，作速囘頭要緊！」（均見第五囘）

書中類此等甚多，此處不過舉兩個例子來證實這層揣想罷了。

照高鶚補的四十回看，寶玉亦是因情場懺悔而出家的。寶玉之走，即由於黛玉之死，這是極平常的套話。許多箚記小說上，往往一個情場失意者，後來做了和尚或者道士，入山不知所終。我們看得都厭了，雪芹先生何至於如此落人窠臼呢？依我懸想，寶玉底出家，雖是懺悔情孽，却不僅由於失意。懺悔底原故，我想或由於往日歡情悉已變滅，窮愁孤苦，不可自聊，所以到年近半百，才出了家。書中甄士隱智通寺老僧，皆是寶玉底影子。這些雖大半是我底空想，但在書中也不無暗示。十二釵曲名紅樓夢，現即以之改名石頭記紅樓夢曲引子上說：『奈何天，傷懷日，寂寥時，試遣愚衷；因此上演出這悲金悼玉的紅樓夢。』飛鳥各投林曲末尾說：『好一似食盡鳥投林，落了片白茫茫大地眞乾淨。』（第五回）秦氏說：『三春去後諸芳盡，各自須尋各自門。』（第十三囘）從此等地方看來，似十二釵底結局，皆爲寶玉所及見的，所以開宗明義第一囘就說『曾歷過一番夢幻之後，』又說『忽念及當日所有之女子。』既曰曾歷過夢幻，則現在是夢醒了；既曰當日所有，則此日無有又可知。總之寶玉出家既在中年以後，又非專爲一人一事而如此的。頡剛以爲甄士隱是賈寶玉底晚年影子，這層設想，我極相信。寶玉底末路盡在下邊所引這幾句話寫出。

『士隱乃讀書之人，不慣生理，稼穡等事，勉强支持一二年，越發窮了。士隱……急忿怨痛，已有積傷，暮年之人，貧病交攻，竟漸漸的露出那下世的光景來。』（第一囘）

從這裏看去，寶玉出家除情悔以外，還有生活上底逼迫，做這件事情底動機。雪芹底晚年，亦是窮得不堪的，更可以拿來做證據了。如敦誠贈詩，有『環堵蓬蒿屯』之句，有『舉家食粥酒常賒』之句，雖文人之筆不免浮誇，然說舉家食粥則雪芹之窮亦可知。在本書上說寶玉後來落於窮困也屢見。

『蓬牖，茅椽，繩牀，瓦竈，』

『陋室空堂，當年笏滿牀；衰草枯楊，曾爲歌舞場；蛛絲兒結滿雕梁，綠紗今又糊在蓬窗上，……』

『金滿箱，銀滿箱，轉眼乞丐人皆謗。』（見第一回）

『貧窮難耐淒涼。』（見第三回西江月寶玉贊）

高鶚以爲寶玉彷彿成了仙佛去了；但雪芹心中底寶玉，卽是他自己，是極飄零憔悴的苦況的。必如此，紅樓方成一夢，而文字方極其搖蕩感慨之致；否則都是些腸肥腦滿的話頭，將使讀者不可耐了。我以阮籍底詠懷詩，有幾句很可以拿來題紅樓夢。

『嘉樹下成蹊，東園桃與李；西風吹飛藿，零落從此始。繁華有憔悴，堂上生荆杞。……』

這寥寥數語，較續作底四十回，更可以說明作者底懷抱了。

(3)紅樓夢是爲十二釵作本傳的。除掉上邊所說感慨身世懺悔情孽這兩點以外，書中最主要的人物，就是十二釵了。在這一方面，水滸和紅樓夢有相同的目的。大家都知道，水滸作者要描寫出他心目中一百零八個好漢來。但紅樓夢作者底意思，亦復如此，他亦想把他念念不忘的十二釵，充分在書中表現出來。這層意思雖很淺顯，而自來讀紅樓夢的人都忽略了，鬧出許多可惜的誤會。爲什麼知道雪芹是要爲十二釵作傳呢？這亦是從他自己底話得來的，我引幾條如下：

「但書中所記何事何人？……忽念及當日所有之女子，一一細攷較去，覺其行止識見皆在我之上，我堂堂鬚眉，誠不若彼裙釵。」

「知我之負罪固多；然閨閣中歷歷有人萬不可因我之不肖自護己短，一並使其泯滅也。」

「我雖不學無文，又何妨用假語村言敷衍出來，亦可使閨閣昭傳。……」

「其中只不過幾個異樣女子，或情，或癡，或小才微善；……」

「……竟不如我半世親見親聞的這幾個女子……但觀其事蹟原委，亦可消愁破悶。」

「後因曹雪芹於悼紅軒中……又題曰，金陵十二釵。」（均

見第一回）

這竟是極清楚的話，無須我再添什麼了。既認定雪芹意思是要使閨閣昭傳；那麼，有許多『紅學家』簡直是作者底罪人了。他們總以爲紅樓夢作者要蹧蹋閨閣的；所以每每說，這裏邊底女子沒有一個好的。其實這是他們底意思，作者幾時說來？就是在第六十六回，柳湘蓮說：

『你們東府裏除了兩個石頭獅子乾淨，只怕連貓兒狗兒都不乾淨。』

但這說的是寧國府，並沒有說大觀園裏的人個個不乾淨。依我們富於常識的眼光看紅樓夢，（那些『紅學家』底腦筋，是富於玄學性的。）十二釵除秦氏鳳姐以外，都不見得有什麼曖昧的事情。即使是有之，作者既沒有說，我們也不可任意汚衊閨閣。這類鹵莽滅裂的論斷，非特表現其讀書能力底薄弱，並自認人格底破產了。

還有一種很流行的觀念，雖較上一說近情理一點，但荒謬的地方，却並不減少。他們以爲紅樓夢是一部變相的春秋經，以爲處處都有褒貶。最普通的信念，是右黛而左釵。因此凡他們以爲是寶釵一黨的人——如襲人鳳姐王夫人之類——作者都痛恨不置的。作者和他們一唱一和，眞是好看煞人。但雪芹先生恐怕不肯承認罷。

我先以原文證此說之謬，然後再推求他們所以致謬底原因。作者在紅樓夢引子上說：

「悲金悼玉的紅樓夢。」

是曲既爲十二釵而作，則金是釵，玉是黛，很無可疑的。悲悼猶我們說惋惜，既曰惋惜，當然與痛駡有些不同罷。這是雪芹不肯痛駡寶釵的一個鐵證。

且書中釵黛每每並提，若兩峯對峙雙水分流，各極其妙莫能相下，必如此方極情場之盛，必如此方盡文章之妙。若寶釵爲三家村婦，或黃毛鴉頭，那黛玉又豈有身分之可言。與事實既不符，與文情亦不合，雪芹何所取而非如此做不可呢？雪芹大約會先知的，所以他自己先聲明一下，對於上述兩種誤會，作一個正式的抗辨。他在第一囘裏說：

『況且那野史中，或訕。謗。君。相，或。貶。人。妻女，姦淫凶惡，不可勝數；更有一種風月筆墨，其淫穢汚臭，最易壞人子弟。……在作者不過要寫出自己的兩首情詩豔賦來，故假捏出男女二人名姓，又必旁。添。一。小。人。撥。亂。其。間，如。戲。中。小。丑。一。般。』

第一句話是駁第一派的，第二句話是駁第二派的。試想雪芹若不是個瘋子，他怎會自己罵自己呢？依第一派，大觀園裏沒有一個好人，這明明是『訕謗君相貶人妻女』了。依第二派說，寶黛好事被人離阻，這又明明是『假捏出男女二人一小人撥亂其間』了。雪芹若是瘋子，何以解於紅樓夢底價值？雪芹如不瘋，又何以解於『大不近情自相矛盾』呢？

這兩派底謬處已斷定了。現在分析致謬底原因：第一派所以如此，因爲他們解釋紅樓夢底本事完全弄錯了。紅樓夢是本於親見親聞按自己底事體情理做的，他們卻以爲紅樓夢是說的人家底事情。紅樓夢是一部自傳，這是最近的發見，以前人說的很少（有卻也是有的，不過大家都不相信注意。如江順怡做的讀紅樓夢雜記，就說紅樓夢所記之事，皆作者自道其生平。）所以很不能怪他們。況且他們未讀紅樓夢以前，先有一部金瓶梅做底子，（看雪芹所指野史大約就是金瓶梅，或其他一類的書。）拿讀金瓶梅底眼光來讀紅樓夢，自然要鬧一個很凶的笑話。既以爲是人家底事情，貶斥訕謗，自然是或有的；但若知道這是他自己底事情，卽便有這類的事，亦很應該『肐膊折了往袖子裏藏』啊。（紅樓夢於秦氏多微詞，卽是爲此。）

第二派底致謬底原因有兩層：(1)他們最初是上了高鶚續作底當了。第一個公布後四十回是高君補的，是胡適之先生。（這句話原見於張船山底詩註，在我曾祖曲園先生小浮梅閒話曾引過他；但那時候從來沒有人注意到。所以這一點，我們要歸功於胡先生。）他們那時候，自然相信紅樓夢是百二十回的。從後四十回看寶釵襲人鳳姐都是極陰毒並且討厭的；讀者既不能分別讀去，當然要發生嫌惡寶釵一派人底情感。其實後四十回與紅樓夢作者很不相干，單讀八十回本的紅樓夢，我敢斷言右黛左釵底感情，決不會這樣熱烈的。(2)既然同失意者——黛玉——表同情，既然對於「釵黨」有先入的惡感；這顏色眼鏡已經帶上了，如何再能發見作者底態度感情這類狀態，從主觀上投射到客觀方面，是很容易的。自己這般說，不知不覺的擅定作者也這般說。作者究竟如何說法，他老實沒有知道的。於是凡他所喜歡的人，作者定是要褒的；他所痛恨的，作者定是要貶的。讀者底威權竟可使作者惟命是聽起來，這也未免太大了罷！

作者做書底三層意思，我這幾段蕪雜的文字裏已大致表現清楚了。作者底眞態度雖不能備知，却也可以窺測一部分。那些陳襲的誤會解了許多，也替作者雪了許多寃枉。在下篇更要轉入較重要的一部，就是從這種態度發生的文章風格如何的問題。

（一二，六，一三，改定。）

（七）

紅樓夢底風格

上篇所說有些偏於攷證的，這篇全是從文學的眼光來讀紅樓夢。原來批評文學底眼光是很容易有偏好的，所以甲是乙非了無標準。俗語所謂，『蔴油拌韮菜各人心裏愛；』就是這類情景底寫照了。我在這裏想竭力避免那些可能排去的偏見私好，至於排不乾淨的主觀色彩，只好請讀者原諒了。

平心看來，紅樓夢在世界文學中底位置是不很高的。這一類小說，和一切中國底文學——詩，詞，曲——在一個平面上，這類文學底特色，至多不過是個人身世性格底反映。紅樓夢底態度雖有上說的三層，但總不過是身世之感牢愁之語。卽後來底懺悔了悟，以我從楔子裏推想，亦並不能脫去東方思想底窠臼；不過因爲舊歡難拾，身世飄零，悔恨無從，付諸一哭，於是發而爲文章，以自怨自解。其用亦不過破悶醒目，避世消愁而已。故紅樓夢性質亦與中國式的閒書相似，不得入於近代文學之林。卽以全書體裁而論，亦微嫌其繁複冗長，有矛盾疏漏之處，較之精粹無疵的短篇小說自有區別。我極喜歡讀紅樓夢，更極佩服曹雪芹，但紅樓夢並非盡善盡美無可非議的書。所以我不願意因我底偏好，來掩沒本書底眞相。作者天分是極高的，如生於此刻，可以爲我們文藝界吐氣了；但不幸他生得太早，在他底環境時會裏面，能有這樣的成就，已足使我們驚詫贊歎不能自已。紅樓夢在世界文學中，我雖以爲應列第二等，但雪芹卻不失爲第一等的天才。天下事情，原有事倍功半的，也有事半功倍的。我們估量一個人底價值，不僅要看他底外面成就，並且要考察他在那一種的背景中間成就他底事業。古人所說『成敗不足論英雄，』正是這個意思了。

至於在現今我們中國文藝界中，紅樓夢依然爲第一等的作品，是毫無可疑的。這不但理論上很講得通，實際上也的確如此。在高鶚續書那時候，已膾炙人口二十餘年了。自刻本通行以後，紅樓夢已成爲極有勢力的民衆文學，差不多人人都看，並且人人都喜歡談，所以京師竹枝詞有『開口不談紅樓夢，此公缺典定糊塗』之語，可見紅樓夢行世後，人心顚倒之深。（此語見清同治年間夢癡學人所著的夢癡說夢所引）卽我們研究紅樓夢底嗜好，也未始不是在那種空氣中間養成的。

紅樓夢底風格，我覺得較無論那一種舊小說都要高些，所以風格高上底緣故，正因紅樓夢作者底態度與他書作者底態度有些不同。

我們有一個最主要的觀念，紅樓夢是作者底自傳。從這一個根本觀念，對於紅樓夢風格底批評卻有很大的影響。既曉得是自傳，當然書中底人物事情都是實有而非虛搆；既有實事作藍本，所以紅樓夢作者底惟一手段是寫生。有人或者覺得這樣說法，未免輕量作者底價值了。其實有大謬不然的；虛搆很容易，也並不可貴，寫實貌易而實難，有較高的價值。世人往往把創造看作空中樓閣，而把寫實看作模擬，卻不曉得想像中底空中樓閣，也有過去經驗作藍本，若真離棄一切的經驗，心靈便無從活動了。虛搆和寫實都靠着經驗，不過中間的那些上下文底排列，有些不同罷了。寫生既較偪近於事實，所以從這手段做成的作品所留下的印象感想，亦較爲明活深切，即是在文學上的價值亦較高了。

(一)

紅樓夢作者底手段是寫生。他自己在第一回，說得明明白白：

『其間離合悲歡，興衰際遇，俱是按跡尋蹤，不敢稍加穿鑿，致失其眞。』

『因見上面大旨不過談情，亦只實錄其事。』

紅樓夢底目的是自傳，行文底手段是寫生；因而發生下列兩種風格。

我們看，凡紅樓夢中底人物都是極平凡的，並且有許多極汚下不堪的人多以爲這是紅樓夢作者故意罵人，所以如此；卻不知道作者底態度只是一面鏡子，到了面前便鬚眉畢露，無可逃避了。妍媸雖必從鏡子裏看出，但所以妍所以媸的原故，鏡子却不能負責。以我底偏好，覺得紅樓夢作者第一本領，是善寫人情。細細看去，凡寫書中人沒有一個不適如其分際，沒有一個過火的；寫事寫景亦然。我第一句紅樓夢贊：『好一面公平的鏡子啊!』

我還覺得紅樓夢所表現的人格，其弱點較爲顯露。作者對於十二釵，一半是他底戀人，但他却愛而知其惡的。所以如秦氏底淫亂，鳳姐底權詐，探春底凉薄，迎春底柔懦，妙玉底矯情，皆不諱言之。即釵黛是他底眞意中人了；但釵則寫其城府深嚴，黛則寫其口尖量小，其實都不能算全才。全才原是理想中有的，作者是面鏡子，如何會照得出全才呢？這正是作者極老實處，却也是極聰明處。妙解人情看去似乎極難，說老實話又似極容易，其實眞是一件事底兩面。紅樓夢在這一點上，舊小說中能比他的只有水滸。水滸中有百零八個好漢，却沒有一個全才。這兩位作者，大概在這裏很有同心了。至於俞仲華做蕩寇志，則有如天人的張叔夜，高鶚續紅樓夢，則有如天人的賈寶玉。其對於原作爲功爲罪，很無待我說了。

紅樓夢中人格都是平凡這句話，我曉得必要引起多少讀者底疑猜；因爲他們心目中至少有一個人是超平凡的。誰呢？就是書中的主人翁賈寶玉。依我們從前渾淪吞棗的讀法，寶玉底人格確近乎超人的。我們試想一個紈袴公子，放蕩奢侈無所不至的，幼年失學，長大忽然中舉了。這便是個奇蹟，頗含着些神秘性的了。何況一中舉便出了家，並且以後就不知所終了，這眞是不可思議，易卜生所謂『奇事中的奇事』。但所以生這類印象，我們都被高先生所誤，因爲我們太讀慣了一百二十回本的紅樓夢，引起不自覺的錯誤來。若斷然只讀八十回，便另有一個平凡的寶玉印在我們心上。

依雪芹底寫法，寶玉底弱點亦很多的。他既做書自懺，決不會像現在人自己替自己登廣告啊。所以他在第一回裏既屢次明說，在第五回西江月又自罵一起什麼『富貴不知樂業，貧窮難耐淒涼。』這怕也是超人底形景嗎？是決不然的。至於統觀八十回所留給我們，寶玉底人格，可以約略舉一點。他天分極高，卻因爲環境關係，以致失學而被摧殘。他底兩性底情和慾，都是極熱烈的，所以警幻很大膽的說：『好色卽淫，知情更淫；』一掃從來迂腐可厭的鬼話。他是極富於文學上的趣味，哲學上的玄想，所以人家說他是癡子；其實寶玉並非癡慧參半，癡是慧底外相，慧卽是癡底骨子。在這一點，作者頗有些自詡，不過總依然不離乎人情底範圍。這就與近人底吹法螺有差別了。

依我們底推測，寶玉大約是終於出家；但他底出家，恐不專因懺情，並且還有生計底影響，在上邊已說過了。出家原是很平凡的，不過像續作裏所描寫的卻頗有些超越氣象。況且做和尚和成仙成佛，頗有些不同。照高君續作看來，寶玉結果是成了仙佛，却並不是做和尙。所以賈政剛寫到寶玉的事，寶玉就在雪影裏面光頭赤腦披了大紅斗篷，向他下拜，後來僧道夾之而去，霎時不見蹤跡。（事見第百二十回）試問世界上有這種和尙麼？後來皇帝還封了文妙眞人，簡直是肉體飛昇了。神仙佛祖是超人，和尙是人，這個區別無人不清楚的。雪芹不過叫寶玉出家，所以是平凡的。高鶚叫寶玉出世，所以是超越的。紅樓夢中人格是平凡的，這個印象，非先有分別的眼光讀原書不可，否則沒有不迷眩的。

在逼近眞情這點特殊風格外，實事求是這個態度又引出第二個特色來。紅樓夢底篇章結搆，因拘束於事實，所以不能稱心爲好；因而能够一洗前人底窠臼，不顧讀者底偏見嗜好。凡中國自來底小說，都是俳優文學，所以只知道討看客底歡喜。我們底民衆向來以團圞爲美的，悲劇因此不能發達，無論那種戲劇小說，莫不以大團圞為全篇精采之處，否則就將討讀者底厭，束之高閣了。若紅樓夢作者則不然；他自發牢騷，自感身世，自懺情孽，於是不能自已的發為文章。他底動機根本和那些俳優文士已不同了。並且他底材料全是實事，不能任意顛倒改造的，於是不得已要打破窠臼得罪讀者了。作者當時或是不自覺的也未可知，不過這總是紅樓夢底一種大勝利，大功績。紅樓夢底効用，看他自己說：

『……亦可使閨閣昭傳，復可破一時之悶，醒同人之目……』

『只願世人當那醉餘睡醒之時，或避世消愁之際，把此一玩』

紅樓夢作者既希望世人醉餘睡醒之後，把此一玩，則反言之，醉睡中間的世人，原不配去讀紅樓夢的；既曰『醒同人之目，』則非同人，雖得讀紅樓夢，也是枉然的。這些話表面看來很和平，內裏意思，却是十分憤激。

紅樓夢底不落窠臼和得罪讀者是二而一的；因爲窠臼是習俗所樂道的，你既打破他，讀者自然地就不樂意了。譬如社會上都喜歡大小團圝，於是千篇一律的發爲文章，這就是窠臼；你偏要描寫一段嚴重的悲劇，弄到不歡而散，就是打破窠臼，也就是開罪讀者。所以紅樓夢在我們文藝界中很有革命的精神。他所以能有這樣的精神，却不定是有意與社會挑戰，是由於憑依事實，出於勢之不得不然。因爲窠臼並非事實所有，事實是千變萬化，那裏有一個固定的型式呢？既要落入窠臼，就必須要顚倒事實；但他却非要按跡尋蹤實錄其事不可，那麼得罪人又何可免的。我以爲紅樓夢作者底第一大本領，只是肯說老實話，只是做一面公平的鏡子。這個看去如何容易，却實在是眞眞的難能。看去如何平淡，紅樓夢却成爲我們中國過去文藝界中第一部奇書我因此有一種普通的感想，覺得社會上目爲激烈的都是些老實人，和平派都是些大滑頭啊。

在這一點上，最早給我一種暗示的是友人傅孟眞先生。他對我說：『紅樓夢底最大特色，是敢於得罪人底心理。』紅樓夢開罪於「一般讀者底地方很多，最大的却有兩點：(1)社會上最喜歡有相反的對照，戲臺上有一個紅面孔，必跟着個黑面孔來陪他，所謂『一臉之紅榮於華袞，一鼻之白嚴於斧鉞。』在小說上必有一個忠臣，一個姦臣；一個風流儒雅的美公子，一個十不全的傻大爺；如此等等，不可勝計。我小時候聽人講小說，必很急切地問道：『那個是好人？那個是壞人？』覺得這是小說中最重要，並且最精采的一點。社會上一般人底讀書程度，正還和那時候的我差不許多。雪芹先生於是很很的對他們開一下頑笑。紅樓夢底人物，我已說過都是平凡的這一點就大拂人之所好，幸虧高鶚續了四十回，勉强把寶玉抬高了些，但依然不能滿讀者底意。高鶚一方面做雪芹底罪人，一方面讀者社會還不當他是功臣。依那些讀者先生底心思，最好寶玉中年封王拜相，晚年拔宅飛昇。（我從前看見一部很不堪的續書，就是這樣做的。）雪芹當年如肯照這樣做去，那他們就歡欣鼓舞不可名狀，再不勞續作者底神力了！無奈他却偏偏不肯，寶玉亦慧，亦癡，亦淫，亦情，但千句歸一句，總不是社會上所贊美的正人。他們已經皺眉有些說不出的難受了。十二釵都有才有貌，但却沒有一個是三從四德的女子；並且此短彼長，竟無從下一個滿意的比較褒貶。讀者對於這種地方，實在覺得渾身不自在起來；後在究竟忍耐不住，到底做一個九品人表去過過瘾方才罷休。我們在這裏很可以估量作者底膽識，和讀者底程度了。

但作者開罪社會心理之處，還有比這個大的。紅樓夢是一部極嚴重的悲劇，書雖沒有做完，但這是無可疑的。不但寧榮兩府之由盛而衰，十二釵之由榮而悴，能使讀者爲之愴然雪涕而已。若細玩寶玉底身世際遇，紅樓夢可以說是一部問題小說。試想以如此之天才，後來竟弄到潦倒半生，一無成就，責任應該誰去負呢？天才原是可遇不可求的，卽偶然有了，亦被環境壓迫毀滅，到窮愁落魄，結果還或者出了家。這類的酷虐，有心的人們怎能忍受不歎氣呢？卽以雪芹本身而論，雖有八十回的紅樓夢可以不朽；但以他底天才看來，這點成就只能說是滄海一粟，餘外都盡量糟蹋掉了，在文化上眞是莫大的損失，又何怪作者自怨自媿呢！不幸中之大幸，他晚年還做了八十回書，否則竟連名姓都湮沒無聞了。卽有了紅樓夢，流傳如此之廣，但他底家世名諱，直等最近才考出來。從前我們只知道有曹雪芹，至多再曉得是曹寅底兒子。（其實是曹寅底孫子）以外便茫然了。卽現在我們雖略多知道一點，但依然是可憐得很。他底一生詳細的經歷，依然不知道；並且以後能知道的希望亦很少，因爲材料實在太空虛了。我們想做曹雪芹先生年表，正不知道什麼時候才成功呢？

這半部絕妙的悲劇，爲我們文藝界空前的傑作，但讀者竟沒有能力去賞鑒他，這豈不是寃枉了？他們篤守他們老師太老師傳授下的團圝迷，若不遵守這個，無論做得如何好法，終究是野狐禪，不是正宗。他們對於這類悲劇下的批評，是沒有收梢。以爲收梢非團圝不可，收梢卽是變名的團圝；所以不團圝就是沒有收梢了，沒有收梢便不成爲正宗好書。這種的三段論法所以謬的地方，正因最先假定的前提便是癡人說夢；那麼，以後當然全是一片夢話了。爲什麼收梢非團圝不可呢？他們可有點說不出，大約只可回答：「自古如此不得不然耳！」這類習俗的見解，何能令我們心服呢？

高鶚使寶玉中舉，做仙做佛，是大違作者底原意的。但他始終是很謹慎的人，不想在紅樓夢上造孽的。我很不敢看輕他底價值，正因他已竭力揣摩作者底意思，然後再補作那四十回。決不敢鹵莽滅裂自出心裁。我們已很感激他這番能尊重作者底苦心。高鶚既非曹雪芹，文章本來表現人底個性，有許多違反錯誤是不能免的。若有人輕視高君續作，何妨自己把八十回續一下，就知道深淺了。高鶚既不肯做雪芹底罪人，就難免跟着雪芹開罪社會了；所以大家讀高鶚續作底四十回大半是要皺眉的。但是這種皺眉，不足表明高君底才短，正是表明他底不可及處。他敢使黛玉平白地死去，使寶玉娶寶釵，使寧榮鈔家，使寶玉做了和尚；這些都是好人之所惡雖不是高鶚自己底意思，是他迎合雪芹底意思做的，但能够如此，已頗難得。至於以後續做的人，更不可勝計，大半是要把黛玉從墳堆裏拖出來，叫她去嫁寶玉。這種辦法，無論其情理有無，總是另有一種神力才能如此。必要這樣才算有收梢，才算大團圝，眞使我們臉紅說話不得。卽雪芹蘭墅相見在地下，談到這件事怕亦說不出話來呢！

現在我們從各方面證明原本只八十囘，並且連囘目亦只八十，這是完全依據事實，毫不雜感情上的好惡。但許多人頗贊成我們底論斷，却因爲只讀八十囘便可把那些討人厭的東西一齊掃去，他們不消再用神力把黛玉還魂，只很順當的便使寶黛成婚了。他們這樣利用我們底發見，來成就他們師師相承的團圝迷，來蹧蹋紅樓夢底價値，我們却要嚴重的抗爭了。依作者底原意做下去，其悲慘淒涼必十倍於高作，其開罪世人亦必十倍之放心罷，在紅樓夢上面，决不能再讓你們來過團圝癮！

我們又知道紅樓夢全書中之題材是十二釵，是一部懺悔情孽的書。從這裏所發生的文章風格，差不多和那一部舊小說都大大不同，可以說紅樓夢底個性所在是怎樣的風格呢？大概說來是『怨而不怒。』前人能見到此者，有江順怡君。他在讀紅樓夢雜記上面說：

『……正如白髮宮人涕泣而談天寶，不知者徒豔其紛華靡麗，有心人視之皆縷縷血痕也。』

他又從反面說紅樓夢不是謗書：

『紅樓所記皆閨房兒女之語，……何所謂毀？何所謂謗？』

這兩節話說得淋漓盡致，儘足說明紅樓夢這一種怨而不怒的態度。

我怎能說紅樓夢在這點上，和那種舊小說都不相同呢？我們試舉幾部紅樓夢以外，極有價值的小說一看。我們常和紅樓夢並稱的是水滸儒林外史。水滸一書是憤慨當時政治腐敗而作的，所以獎盜賊貶官軍看署名施耐庵那篇自序，憤激之情已溢於詞表。『水滸是一部怒書，』前人亦已說過。（見張潮底幽夢影上卷）儒林外史底作者雖憤激之情稍減於耐庵，但牢騷則或過之。看他描寫儒林人物，大半皆深刻不爲留餘地，至於村老兒唱戲的，却一唱三歎之而不止。對於當日科場士大夫，作者定是深惡痛疾無可奈何了，然後才發爲文章的。儒林外史底苗裔有二十年目覩之怪現狀，廣陵潮，留東外史之類。就我所讀過的而論：留東外史底作者，簡直是個東洋流氓，是借這部書爲自己大吹法螺的，這類黑幕小說底開山祖師可以不必深論。廣陵潮一書全是村婦嫚罵口吻，反覺儒林外史中人物，猶有讀書人底氣象。作者描寫的天才是很好的，但何必如此塵穢筆墨呢？前紅樓夢而負盛名的有金瓶梅，這明是一部謗書，確是有所爲而作的，與紅樓夢更不可相提並論了。

以此看來，怨而不怒的書，以前的小說界上僅有一部紅樓夢。怎樣的名貴啊！古語說得好：『物希爲貴；』但紅樓夢正不以希有然後可貴。換言之，那不希有亦依然有可貴的地方。刻薄嫚罵的文字，極易落筆，極易博一般讀者底歡迎，但終究不能感動透過人底內心。剛讀的時候，覺得痛快淋漓，爲之拍案叫絕；但翻過兩三遍後，便索然意盡了，無餘味，再細細審玩一番，已成嚼蠟的滋味了。這因爲作者當時感情浮動，握筆作文，發洩者多含蓄者少，可以悅俗目，不可以當賞鑒。纏綿悱惻的文風恰與之相反，初看時覺似淡淡的，設有什麽絕倫超羣的地方，再看幾遍，漸漸有些意思了，越看得熟，便所得的趣味亦愈深永。所謂百讀不厭的文章，大都有真摯的情感，深隱地含蓄着，非與作者有同心的人不能知其妙處所在。作者亦只預備藏之名山，或竟覆了醬缸，不深求世人底知遇。他並不是有所珍惜隱秘，只是世上一般淺人自己忽略了。『知我者希，則我者貴；』這句話亦是無可奈何的譬解罷。

憤怒的文章容易發洩，哀思的呢，比較的容易含蓄，這是情調底差別不可避免的。但我並不說，發於憤怒的決沒有一篇好文章，並且哀思與憤怒有時不可分的。但在比較上立論，含怒氣的文字容易一覽而盡，積哀思的可以漸漸引人入勝；所以風格上後者比前者要高一點。水滸與紅樓夢底兩作者，都是文藝上的天才，中間才性底優劣是很難說的；不過我們看水滸，在有許多地方覺得有些過火似的，看紅樓夢雖不滿人意的地方也有，卻又較讀水滸底不滿少了些。換句話說，紅樓夢底風格偏於溫厚，水滸則鋒铓畢露了。這個區別並不在乎才性底短長，只在做書底動機底不同。

但這些抑揚的話頭，或者是由於我底偏好也未可知。但從上文看來，有兩件事實似乎已確定了的。⑴哀而不怒的風格，在舊小說中爲紅樓夢所獨有。究竟這種風格可貴與否，却是另一問題；雖已如前段所說，但這是我底私見不敢强天下人來同我底好惡。⑵無論如何，嫚罵刻毒的文字，風格定是卑下的。水滸罵則有之，却沒有落到嫚字。至於落入這種惡道的，決不會有眞好的文章，這是我深信不疑的。我們舉一個實例講罷。儒林外史與廣陵潮是一派的小說。儒林外史未始不罵，罵得亦未始不兇，但究竟有多少含蓄的地方，有多少穿插反映的文字，所以能不失文學底價值。廣陵潮則幾乎無人不罵，無處不罵，且無人無處不罵得淋漓盡致，一洩無餘，可以噴飯，可以下酒，可以消閒，却不可以當他文學來賞鑒。我們如給一未經文學訓練的讀者這兩部小說看，第一遍時沒有不大贊廣陵潮的；因爲儒林外史沒有這樣的熱鬧有趣，到多看幾遍之後，儒林外史就慢慢占優越的地位了。這是我曾試驗過的不同於揣想空論。

紅樓夢只有八十回眞是大不幸，因爲極精采動人的地方都在後面半部。我們要領略哀思的風格，非縱讀全書不可；但現在只好寄在我們底想像上，不但是作者底不幸，讀者所感到的缺憾更爲深切了。我因此想到高鶚補書底動機，確是紅樓夢底知音，未可厚非的。他亦因爲前八十回全是紛華靡麗文字，恐讀者誤認爲誨淫敎奢之書，如賈瑞正照『風月寶鑑』一般；所以續了四十回以昭傳作者底原意。他所以在引言上說：『……實因殘缺有年，一旦顚末畢具，大快人心，欣然題名，聊以紀成書之幸。』可知高君補書並非如後人亂續之比，確有想彌補缺憾的意思。所以他說：『大快人心，』『成書之幸。』但高鶚雖有正當的動機，續了四十回書，而幾處不能使人滿意。我們現在仍只得以八十回自慰，以爲總比全然沒有好了一點。康君白情說得好：『一半給我們看，一半留給我們想。』（章兄弟三二頁）這是我們底無聊的慰藉啊！

二二，六，二五，改定。

（八）紅樓夢底年表

有些事情，非表不明。至於綜合地概觀一人底生平，或一事的流變，尤非年表不辦。可惜紅樓作者底生平事蹟絕少流傳，要作滿人意的曹雪芹年譜，在現今的狀況下，總還是不可能。我讀這書的時候，戲會萃那些有關係的事情，分年列表，以備自己底參考。寫成之後，覺得雖有些是託之揣測，但大致不甚謬，狠可以幫助喜歡研究紅樓夢的人，所以現在把他列入本卷。將來如有所得，當然還得經過幾番的修正，這只是草稿罷了。

現在首寫年分，再列事實。每節下須說明的，附在每節之後。

一七一五，清康熙五十四年，曹頫爲江寧織造。
（曹雪芹是頫之子，說見胡適文存卷三，二三四頁。）

一七一九，清康熙五十八年，曹雪芹生於南京。
（曹氏三世爲織造，在江寧蘇州兩處。四松堂集詩註說，「雪芹隨其先祖寅之任；」雖經胡先生考訂其有誤。但雪芹曾隨其尊長，在江寧織造任上，却決無可疑的。敦敏贈詩有「秦淮殘夢憶繁華，」即是一證。雪芹底生年，也經胡先生考定，在一七一九年。〔努力週報第一期〕他假定雪芹享年四十五；如雪芹不及四十五而卒，那生年便須移後了。敦誠輓曹雪芹詩，有「四十年華付杳冥」之句，雖未必是整四十歲，也未必便是四十五歲。胡先生只說，雪芹享年至多不得過四十五歲。現在卽以胡先生所說，也總不致於大錯，相差至多不過五年。總之無論如何，雪芹生時，必在曹頫江寧織造任上。他底生日，依紅樓夢敍寶玉生日推算，大約在初夏，四五月間。（第六十二回）

一七二八，雍正六年，曹頫卸江寧織造任。雪芹隨他北去。（曹頫卸任之後做些什麼，我們不知道。看紅樓夢，大約調回北京去了。這時候，雪芹大約只九歲餘，想也回北方去了。）

一七三〇，雍正八年，紅樓夢從此起筆，雪芹十一歲。

一七三二，雍正十年，鳳姐談南巡事，寶玉十三歲。依這裏所假定的推算，雪芹也是十三歲。

一七三七，乾隆二年，書中賈母慶八旬。

一七三八，乾隆三年，八十回紅樓夢止此。雪芹十九歲。

（這四條的依據，不得不說明一下。胡先生曾說過，紅樓夢中只有記南巡一節是歷史上的事實（胡適文存卷三，二二一頁）第十六回原文如下：

鳳姐道「……若早生二三十年，如今這些老人家也不薄我沒見世面了。說起當年太祖皇帝仿舜巡的故事……我偏偏的沒趕上。」

鳳姐這句話是當爲說話時的年代。康熙帝南巡六次，最晚這一次在四十六年，西歷一七〇七年。從此往下推算二三十年，則鳳姐說話時，當爲一七二七—三七之間。以平均計算，下推二十五年，則當爲一七三二年。這時候，書中的寶玉正十二三歲。（第二十三回）雪芹底年紀，依我們推算，大約也在十三歲左右，恰恰相合。

我們既認定紅樓夢是實寫曹家事；那麽書中的賈母，卽是曹寅之妻。曹寅死於一七一二年，享年五十五。通常夫婦配合，女小於男，卽算是同年，到隋赫德接任的時候，她也只七十一歲。下推九年爲一七三七，正是「慶八旬」這個時候。書中慶八旬，在第七十一回；下距八十回終了，只一年餘。這是一看紅樓夢便可知的。書中寫她底生日，在八月初三，（第七十一回）接着寫賞中秋，（第七十五回）寫「蓉桂競芳之月」（第七十八回）知這幾回是一年內底事情。後來寶玉病了一月以後，又在房中保養過了百日，到天齊廟去還願；知道已到次年了。〔蓉桂競芳之月，應是九月。病了一月，已是十月。過了再調養百日，當然又是一年了。〕

這些嚕蘇，拘泥的考辨，却頗有些關係；因爲不如此就不能斷定紅樓夢全書共說的幾年底事，是那幾年底事。我先從鳳姐說話的時候，立一標準，假定爲一七三二年。又從本書考出，從第二回到第七十八回，共有八年。且看：

「珠雖夭亡，幸存一子，取名賈蘭，今方五歲。……」〔第二回〕

「賈蘭的是一首七言絕句，……衆賓見了，便皆大讚『小哥兒十三歲的人就如此……』」〔第七十八回〕

本書底第一第二兩回，都是引論，到第三回才入正文，寫黛玉進榮府，第二天便去訪李紈。所以入書之初，正當賈蘭五歲之時，到第七十八回，明寫他已十三歲了；這可證從開首到此，共寫了八年底事情。從第七十八回到第八十回，又約略有五個月的光景。而徵姽嫿詞，正當九月，則八十回末已入次年可知。故我斷定八十回書共前後有九年，至多不過十年。

從第十六回鳳姐說話時，上推三年爲一七三〇。從一七三〇下推九年，爲一七三八。再從此上推一年便是賈母八十歲的時候，正是一七三七。

這些推算雖帶些揣想的色彩，但對於大體也無礙。上下相差，至多不過四五年，也就可以算平均的準確了。我現可以告訴讀者的，是紅樓夢八十回所叙的事，當雪芹十一歲到十九歲。

書中所謂榮寧兩府及大觀園都在北京。關於書中地點問題，下有專篇詳論。）

一七三九—五七，乾隆四年—二二年，這十八年之中，雪芹遭家難，以致困窮不堪，住居於北京之西郊。

（我們知道紅樓夢八十回中賈氏尚未中落，寶玉尚是安富尊榮；可見曹家凋零決在一七三八之後。一七五七，敦誠贈詩有『環堵蓬蒿屯』之語，可見此時雪芹已很窮了，或已窮得很久了。我們假定在這個時期中間，不過就最遠的起訖而言，將來曹家事實續有發見，自然還應當縮短，方才精確。至於知道雪芹住在北京西郊，也是從敦誠敦敏底詩中看出來的。敦誠說：『不如著書黃葉村，』（寄懷曹雪芹）『日望西山餐暮霞。』〔贈曹芹圃〕敦敏說：『碧水青山曲逕遐，薜蘿門巷足烟霞。』〔贈曹雪芹〕又說『野浦凍雲深，柴扉晚煙薄。山村不見人，夕陽寒欲落。』〔訪曹雪芹不值〕這些詩都成於一七五七之前後數年中，可見是時住在北京城外。京東無山，且敦誠明說西山，可證雪芹住在北京之西郊、。〕

一七五四——六三，乾隆十九——二八年，雪芹三十五至四十四歲

〔?，〕作紅樓夢八十回。

〔以敦誠詩中所謂『著書黃葉村』看去，知雪芹做紅樓夢大約卽在一七五七上下數年間。因爲以我們所知，雪芹一生未有別的著作；則敦誠所謂著書，大約就是指作紅樓夢，且證以本書底話也極爲相符。我試引幾條爲證。

(1)「半生潦倒之罪……」

(2)甄士隱年過半百。

(3)「如何兩鬢又成霜?」〔以上第一回〕

(4)雨村以爲翻過筋斗來的,是一個龍鍾老僧。〔第二回〕但看了本書,似乎雪芹著書之時,已甚老了。而在實際上,他至多活了四十五歲,未免有些不合。然文人之筆,原是隨情涉興,也不妨過意寫得衰老些,使文情格外生動。總之,雪芹著書,決在中年,却是無可疑惑的。至於我假定著書有十年工夫,這原不過是個懸想。但看本書第一回所謂「後因曹雪芹於悼紅軒中披閱十載,」則八十回書底成就,大約總非三五年底事情了。我底假定,或者與當時事實不甚相遠。)

一七六二，乾隆二十七年，雪芹作長歌謝敦誠，敦誠答賦佩刀質酒歌。

一七六四，乾隆二十九年，曹雪芹卒於北京，年四十餘，無子，有婦孀居。（努力第一期，引敦誠詩并註。）

一七六五，乾隆三十年，紅樓夢初次流行。

（高鶚說：『藏書家抄錄傳閱幾三十年矣。』他做這引言，是在一七九二年，上推二十七年，爲一七六五，正當作者身後之第一年，或稍前後的幾年中。）

一七六九，乾隆三十四年，戚蓼生中己丑科進士。

（戚蓼生是做有正本紅樓夢序的，做序之時，大約在中進士之後。戚氏科名，見餘姚戚氏家譜。）

一七七〇，乾隆三十五年，紅樓夢盛行。

（高鶚說『聞紅樓夢膾炙人口者幾廿餘年。』他既說『廿餘年，』想必不止二十年。假定以二十二年計算大約在這時候，這書已很通行了。）

一七八八，乾隆五十三年，高鶚中戊申科舉人。（高氏先中舉後補書；所以非讓寶玉也中個舉人，方才愜意。）

一七六五——一七八八，乾隆三十——五十三年，佚本後三十回的紅樓夢成。

一七九一，乾隆五十六年，高鶚補紅樓夢四十回。

一七九二，乾隆五十七年，程偉元本——一百二十回本——初成。從此以後，方才有了百二十回的紅樓夢。

一八〇五，嘉慶十年，陳刻紅樓復夢成。（這雖是很惡劣的乙類續書，但因爲他年代很早，恐怕是一部最早的乙類續書。依書中序看，則這書脫稿於一七九九，嘉慶四年。）

一八六九，同治八年，願爲明鏡室主人，江順怡底讀紅樓夢雜記刻成。

上列這表，原是草創的，既不完備，也不的確，只是一種綜括研究底初步。有許多濫俗的續書底年代，因爲我沒有這些書，所以也沒有寫進去。好在這些敗紙，棄之亦無足惜，更犯不着費一番考證底工夫。我希望於最短時間，將這表抹掉，重做一個正式的年表。

一二，五，十八。

（九）

紅樓夢底地點問題

上篇專說『時』底問題，現在要轉到「地」底問題上去。我覺得這個問題底解決，很有點困難，就在本篇也只羅列各種可能的揣測，略就我個人底傾向而已，並不能有很確定的斷案。這原是不無遺憾，但研究底事業，解析困難之所在，也是一步工夫，原不應當急急去求魯莽的斷語。頡剛有兩節話，說得最好：

「我們雖是愈研究愈覺得渺茫，但總是向着光明處走。可以考實的總考實了，有破綻的地方也漸漸的發見了。這很可以安

慰我們的勞苦。」（十，六，十四，信）

「我以爲現在並不是要求一切的結論，只是把各種矛盾窒礙的地方聚集攏來，備將來結論的參考。」（十，六，二十四，信）

紅樓夢底地點問題，既不能完全解决，只得以這兩節話來解嘲了。未入正文以前，我先說一個根本的假定，就是紅樓夢所叙述的各處確有地底存在，大觀園也决不是空中樓閣。這個假定所根據的有兩點：⑴紅樓夢是部「按跡尋蹤」的書，無虛搆一切之理。⑵看書中叙述寧榮兩府及大觀園秩序井井，不像是由想像搆成的。而且這種富貴的環境，應當有這樣一所大的宅第園林。既承認紅樓夢確有地底存在，就當進一步去考訂「究竟在那裏」這個問題。但因考訂這個問題，卻留給我們無數的荆棘。

以現在的我們所知道的這樣少，當然不能解决紅樓夢底事實，發現于某城之某街坊，當然不能很精細的去指出紅樓夢底地點。如那些妄人說大觀園便是北京底什刹海，又說黛玉底葬花冢在陶然亭之旁；（其實陶然亭有一香冢，了不與葬花事相干）他們眞是膽子不小，竟好意思把這些鬼話寫在書上。（見蔣瑞藻小說考証所引）即如袁枚說大觀園便是隨園，也是信口開河，自己誇耀，以我們考訂毫無影響的。所以這篇所討論的，只是紅樓夢一書所寫的各事，是在南或在北？再進一步，亦只問是在南京或在北京？決不學他們這樣的不知妄說，定要指出大觀園是在某街某巷，方始顯示他們底博洽古今。【注一】

因爲只辨明或南或北，已使我們陷于迷惑底中間，更不用說進一步的話。我們先從本書看得到的有些什麼？如懸想起來，似乎很應當有個解決的方法。南北底風土人情差異本很明顯，而八十回書又非短篇之比，豈有從八十回書中看不出一點所在地方底風土人情？只要有一兩點看出，便可以斷定這個問題了。這樣說法原是不錯，但可惜實際上沒有這般簡單，也沒有這般稱心如意。

本書中明說出地點的，有下列各項：

(1)黛玉寶釵到賈府去，都說是入都；而京都是專指北京而言。（第三第四回）

(2)賈雨村選了金陵應天府，辭了賈政，擇日到任。（第三回）

(3)賈雨村對冷子興說：『去歲我到金陵，……那日進了石頭城，從他老宅門前經過，街東是寧國府，街西是榮國府，……大門外雖冷落無人，……』（第二回）

(4)賈敬不肯回原籍來，只在都中城外和那些道士們胡羼。

（第二回）

(5)鳳姐册詞有「哭向金陵事更哀」之語（第五回）

(6)賈母說，「我和你太太寶玉立刻回南京去！」（第三十三回）

以外恐怕還有些證據，就想及的已有這六條，且已足够用了。雨村底話，每使人起誤解，以爲說書中事實是在南京，其實不然。我們看他說「老宅」說「門外冷落無人，」都是沒有人住着底鐵證。賈母說回南京去，尤爲明顯。書中說京都，都中，皆指北京；於南京必曰石頭城，金陵，南京，敍述時必曰原籍，自稱必曰老家。這可見紅樓夢底地方，是在北京。

本書除明點地方以外，從敍述情景中，還有可以證明是在北方的，頡剛有一信說得最爲詳細，現在引錄如下，不用我再來申說。

「賈家如在南方，何以有炕？炕於書中屢見。如第三回黛玉到王夫人處，寫「臨窗大炕」上怎樣怎樣。如第八回寶玉到薛姨媽處，聽說寶釵在裏面，他「忙下炕來……掀簾一步進去，先就看見寶釵坐在炕上作針線。」又如第六回劉老老到賈璉住宅，「劉老老和板兒上了炕，平兒和周瑞家的對面坐在炕沿上。」又說，「聽得那邊說道擺飯，……忽見兩個人抬了一張炕桌來，放在這邊炕上，桌上碗盤擺列。……」又寫鳳姐坐處，「南窗下是炕，炕上大紅條氈。……」又如第十六回寶玉到秦鍾家，李貴道，「秦相公是弱症，未免炕上挺扛的骨頭不受用。……」（平按，又如第二十五回，賈環來到王夫人炕上坐着，命人點了蠟燭，裝腔做勢的抄寫。後來寶玉靠着枕頭，在王夫人身後倒下，賈環將蠟燭向寶玉臉上一推。又如戚本第七十七回，晴雯將死之時，睡在蘆蓆土炕上這也都是北方磚炕底光景，明非南方之事。）從以上幾則看來，王夫人條說是「臨窗」鳳姐條說是「南窗下，」這是北京磚炕的安置處南方便是炕牀，也都安在北首靠牆的。寶釵在炕上作針線，巧姐屋裏的炕上又是吃飯處所，秦鍾又是睡在炕上：這都是北方磚炕的許多用處，不似南方的炕床只做客人坐位的。至于劉老老坐在這裏的炕平兒坐在對面的炕，可見屋裏砌炕的多，決不是南方情景了。

「其他所說像北方房屋樣子的，就記憶所及，也有幾處。⑴第十四回說，「寶玉外書房完竣支領買紙料糊裱，」可見房屋是紙裱的。⑵第七十九回說，「咱們如今都係霞彩紗糊的窗格，」

可見窗格是用紗糊的。這些在南方都沒有。房屋結搆尤其像北方。不過我對于這上的名目制度不甚明瞭，不敢提出來判斷。

『本來這書上的事實是使人確信他在北京的，所以明齋主人總評內也說：

「白門爲六朝佳麗地，係雪芹先生舊遊處，而全無一二點染，知非金陵之事。……又于二十五回云『跳神，』五十七回云『鼓樓西，』（剛案，南京也有鼓樓，這不能斷定北京）……明辨以晰，益知非金陵之事。」

『不過我們已有了隨園詩話的先入之見，不敢信他在北京罷了。假使我們能約略知道曹雪芹的生平，他在「紅樓夢」中的生涯，自然可以確定他的所在。』（十，十六，十四，信）

頡剛當時所表示的希望現在雖勉强地達到；但「確定所在」這個斷語，依然還得半懸着。這因爲本書中有些光景確係在江南才有的；若逕斷爲北方之事，未免不合。例如：

第四十回，賈母衆人先到瀟湘館，一進門，只見兩邊翠竹夾路，土地上蒼苔佈滿。後來劉老老被青苔滑倒。

第二十六回，鳳尾森森，龍吟細細，正是瀟湘館。同回，林黛玉也不顧蒼苔露冷，獨立花陰之下。

第十七回，瀟湘館有千百竿翠竹遮映。同回，賈政等過了荼蘼架，入木香棚，薔薇院，又怡紅院中滿架薔薇。

第三十回，寶玉到了薔薇架，此時正是五月，那薔薇花葉茂盛之際。

第四十一回，妙玉對賈母說，喝的是舊年蠲的雨水。

第四十九回，目錄是『琉璃世界白雪紅梅，』本文是『櫳翠菴中有十數株紅梅，如胭脂一般。』

第五十回，寶玉乞紅梅，大家做紅梅花詩。

第二十八回，行酒令時，蔣玉函拿起一朵木樨來。

看他寫大觀園中有竹，有苔，有木香，荼蘼，薔薇，冬天有紅梅，席面上有桂花，喝的是隔年雨水；怎麼能說是北方的事情？第二十八回點木樨，或者可以說是盆景中的；但櫳翠菴卻有梅林，瀟湘館佈滿苔痕，又將如何解釋？竹子我在北京還見過；至于梅林卻從來未見。只聽見人說某旂下親貴有一枝梅花，是種在地下的，交冬時須搭篷保護。他自己很以爲名貴，名之曰『燕梅』。這可見北京萬不會有成林的紅梅存在。至于北京居民亦萬無以雨水爲飲料之理；因北京屋頂，都是用灰泥砌瓦，且雨水稀少，下雨之時，顏色汚濁，決不可飲。這是住過北京的人同有的經驗，不是我信口開河。而且我所舉的也並不全備，以外這類事例還多。如第七十八囘說「蓉桂競芳，」第七十九囘說「蓼花菱葉，」說「夏家把幾十頃地種着桂花，」都不很像北方底景象。

這應當有一個解釋。若然沒有，則矛盾的情景永遠不能消滅，而結論永遠不能求得。我勉强地爲他下一個解釋，只是自己總覺得理由不十分充足；但除此以外，更沒有別的解釋可以想像，除非推翻一切的立論點，承認紅樓夢是架空之談。果然能夠推翻，也未始不好，無奈現在又推翻不了這個根本觀念。我底解釋是：

「這些自相矛盾之處如何解法，眞是我們一個難題。或者可以說由于紅樓夢傳世鈔本紛多，後雖定爲一本，牴牾之處尚未盡去。或者此等處本作行文之點綴，無關大體，因實寫北方枯燥風土，未免殺盡風景。我想，有許多困難現在不能解决的原故，或者是因爲我們歷史眼光太濃厚了，不免拘儒之見。要知雪芹此書雖記實事，卻也不全是信史。他明明說「眞事隱去，」「假語村言，」「荒唐言，」可見添飾點綴處是有的。從前人都是淩空猜謎，我們卻反其道而行之，或者竟矯枉有些過正也未可知。你以爲如何？』——（十，六，十八，信）

我在當時亦覺得我們未免太拘迂了。紅樓夢雖是以眞事爲藍本，但究竟是部小說，我們卻眞當他是一部信史看，不免有些傻氣。即如元妃省親當然實際上沒有這囘事，（清代妃嬪並無姓曹的）裏面材料大半從南巡接駕一事拆下來運用的。這正是文字底穿插，也是應有的文學手腕。所以上列各項，暫且只好存而不論，姑且再換一條道路去走一下，看能夠走得通嗎？我這種懷疑的態度，曾對頡剛宣示：

「從本書中房屋樹木等等看來，也或南或北，可南可北，毫無線索，自相矛盾。此等處皆是所謂「荒唐言，」頗難加以考訂。」

（十，六，三十。）

因本書底內容混雜，不容易引到結論。我們只得從曹雪芹底身世入手，從外面別的依據入手，或者可以打破這重迷惑。頡剛對於這一點極有功績。他先辨明大觀園決不是隨園，把袁枚底謊語拆穿。這樣一來，紅樓夢是南方的事，在外面看，已少了一個有力的幫手。頡剛說：

「但我又要疑大觀園不即是隨園。雪芹是曹寅的孫，我們又確相信雪芹卽寶玉，而紅樓夢是寫實事的書，那麼書中賈母卽曹寅之妻，賈母入書時已近八十了。曹寅死時年五十一歲，夫婦卽算是同年，算到隋赫德接曹頫之任，她不過七十一歲；此時曹家當然搬還北京，這園也不久賣與隋氏了。如何能看他改造起來？……但說大觀園決不在南京也是不能。⑴書名石頭記，當是石頭城中事。⑵是書屢說「金陵十二釵，」賈王史薛各家，因是可說金陵籍而住在都中的，逃不了金陵二字；至於黛玉妙玉與南京一點沒有關係，何以也入「金陵十二釵」之內？」

（十，六，五。）

我囘他一信，對於上半節完全贊成，他所懷疑的兩點，我卻以爲不成大問題。我說：

「石頭是作者自寓，石頭記是自記其生平，不必定說是石頭城裏底事情「金陵十二釵」乃概括言之，不必太泥，或視爲作者底一點疏忽亦無不可。」（十六，九。）

但這還是從書中事實對看，而生『隨園非大觀園』這個疑惑。頡剛後來又給我兩信，直接地證實隨園決非大觀園。袁枚本是個極肉麻的名士，老着臉說『大觀園者，卽余之隨園也。』被頡剛這一逐細駁辨，眞是痛快之至。頡剛說：

「袁枚生於一七一六，與雪芹生歲不遠。他說，「相隔已百餘年矣，」可見此老之糊塗！本來我在江南通志，江寧府志及上元縣志上查，都沒有說小倉山是曹家舊業。曹寅是有名的人，往來的名士甚多，他有了園，一定屢屢見之詩歌，爲什麼楝亭詩鈔裏只有一個西軒，別人詩詞裏也不見說起？可見府志書的不載，正好反證曹家並無此園了」（十，六十四。）

「袁枚所記曹家事，到處錯誤。大觀園不在南京，我日來又續得數證：⑴續同人集上張堅贈袁枚一詩的序中原說，「白門有隨園，創自吳氏。」適之先生沒有引他的序，而只引他的「瞬息四十年，園林數主易」一語，以爲「數」即不止隋袁兩家。現在既知尚有吳氏，則吳隋袁三家亦可稱「數」了。⑵袁枚隨園記作於乾隆十四年三月，記上說他的經過次序：（甲）買園，（乙）翻造，（丙）辭官，（丁）遷居。這許多事情必不是三個月所能做的，則買園當然在乾隆十四年之前。但十三年正是他修江寧府志的時候，志書局裏的採訪是很詳的，曹家又是有名人家，如果他們有了這園，豈有不入志之理？他這部志我雖尙沒有寓目，但看他隨園記的不說，後來續纂府志的不載，便可推知他的志上也是沒有的了。他掌了府志還不曉得他住入了園內，還不記上，而直等看見了紅樓夢之後，方說大觀園卽隨園，這實在敎人不能相信！明齋主人總評裏說：「袁子才詩話謂紀隨園事言難徵信，……不過珍愛備至而硬拉之，弗顧旁人齒冷矣」，恐確是這個樣子。』（十六，二十四信。）

他兩信所說，眞是鐵案如山，不可搖動。從此，紅樓夢之在南京，已無確實的根據，除非拉些書中花草來作證，而這些證據底効力究竟是很薄弱的。因文人涉筆，總喜風華；況江南是雪芹舊遊之地，尤不能無所懷憶，何必定說處處實寫北地底塵土方爲合作。看全書八十回，涉及南方光景的只有花草雨露等等，則中間的緣故也可以想像而得了。且我們更可以借作者底生平，參合書中所敘述，積極地證明紅樓夢之在北京。

雪芹生年假定為一七一九，遲早也只在數年之中。曹頫卸任後，當然北去，雪芹大約只有九歲上下；而書中寶玉入書時已十一二歲，我們既確信雪芹卽寶玉，則紅樓夢開場敘事，已明在北京。證一。

書中鳳姐說，早生二三十年就可以看見太祖皇帝仿舜巡的故事。太祖皇帝是指淸康熙帝。我們若是坐定她說話時，是在康熙末次南巡後之二三十年（一七二七—一七三七）則入書時極早曹頫適罷官，極遲曹家已搬回北京十年了。（因隋赫德接曹頫之任在一七二八年）以平均計算，大約在一七三二年左右，曹氏已早北去。證二。

曹頫卸任時，曹寅之妻至多七十多歲；而書中明寫賈母慶八旬，明係在北京底事情，證三。（參看上篇，紅樓夢底年表。）

故以書中主要明顯的本文，曹氏一家底蹤跡，雪芹底生平推較，應當斷定紅樓夢一書，敘的是北京底事從反面看，卻沒有確切的保證，可以斷定紅樓夢是在南方的；袁枚底話是個大謊，書中有些敘述，是作文弄姿，無甚深意的。

話雖這樣說，我們現在從大體上，如此斷定了；但究竟非無可懷疑的。我總覺得疑惑沒有銷盡，而遽下斷語，是萬分危險的；所以在這裏判決書已下之後，卻聲明得保留將來的「撤銷原判」底權利。

可疑的有好幾項：(1)曹頫已免官北去，雪芹年尚幼小——十歲以下——怎麼會有這樣富貴溫柔的環境，像書中所描寫的？這一個疑問比較還容易解答。且看第二回中冷子興說：「古人有言，『百足之蟲，死而不僵。』」如今雖說不似先年那樣興盛，較之平常仕宦之家，到底氣象不同。」這正如俗語所謂「窮窮窮，還有三條銅！」曹氏三世四任爲江寧織造，兼巡鹽御史，當清康熙物力殷足之時，免官之後自然還有餘蔭，可及子孫，怎麼會驟窮起來？且曹家搬回之後，或在北京再興旺幾時，也未可知。看書中賈政甚得皇帝底賞識，曾放學差；或者曹頫也有這類經歷，也很難說。（可惜曹頫自免織造任後，事蹟無考，不能證實這層揣想。）即沒有這事，雪芹做了幾年的闊公子，總是可能的。

(2)但頡剛另表示一種疑惑，却無法解答。他說：「曹家搬回北京後，已無襲職可言，爲何書上猶屢屢說及這一回事？」（十，十六，十四信）這個姑留爲懸案，我不願强作解人。

(3)敦敏送雪芹詩有『秦淮殘夢憶繁華』之句，敦誠懷雪芹詩有「揚州舊夢久已絕』之句；看他們所說的『舊夢』『殘夢，』似即指所謂『紅樓夢』而言。但一個說秦淮，一個說揚州，好像紅樓夢所說的事，是在這兩處——江南，江北，——決不是在北京。如照我們這樣說，雪芹十歲內隨父北旋，後來從沒到過南方；則何所謂『憶繁華？』又何所謂『舊夢絕？』上節猶是小節，這眞是大不可解了！充其極量，可以推翻本篇一切的論證。

所以說了半天，還和沒有說以前，所處的地位是一樣的。我們究竟不知道紅樓夢是在南或是在北？繞了半天的灣，問題還是問題，我們還是我們，非但沒有解決底希望，反而添了無數的荆棘，眞所謂『所求愈深所得愈寡』了！但我們卻決不灰心，困難正足以鼓勵我們。無論如何，總要比袁枚他們隨意胡言好一點。說了半天，還是頡剛說得最好：『我們現在不是要求一切的結論，只是把各種矛盾窒礙的地方聚集攏來，備將來結論的參考。」我們在路上，我們應當永久在路上！

一二，六，二十。

【注二】友人汪敬熙先生曾聽他底父親說，紅樓夢中大觀園遺址在北京西城，今爲內務府堵氏之園，革命以後，曾有人進去看過。汪君之父，則聽一蘇君談說如此。此信否未可知，情理或有之，記此備考。

一二，八，十五，在美國波定謨記。

（十）

八十回後的紅樓夢

紅樓夢只有八十回，八十回以後那裏還有紅樓夢？所以這個標題嚴格地解釋是不很通的。但從戚蓼生，高蘭墅以來，凡讀紅樓夢的人都說這書是沒有完全，卽以我們底眼光看也是如此。這可見現存的紅樓夢雖只有八十回，而紅樓夢却不應當終於八十回；換句話說，卽八十回以後應當還有紅樓夢，只可惜實際上卻找不出全璧的書，只有狗尾續貂的高鶚底一百二十回本，這自然不能使愛讀紅樓的人滿意。這節小文專想彌補這個缺陷，希望能把八十回以後原來應有的——可以考見的——面目顯露一二。這本是一個很大胆的企圖，妄想，恐不免終於失敗。但我被迫於研究這書底興味，不得不輕率地負荷這個擔子，雖然我自知是個無力的人。我總竭力避免不知妄說這個毛病，雖然妄說終是難免的。

八十回以後全是黑漫漫的長夜，而我却偏要從其間去辨別路途，自然得借重一盞明燈。以我們所知的作者身世是這樣地少，决不够引路底需要，這使我更添一重困難。現在可以勉强當作燈燭的，只有原書八十回。因爲一書首尾每有照應，可以由前推後；而且八十回的留下的煞尾底暗示，又不算很少。這彷彿是洞口底微明，使入洞的朋友，至少有幾丈的光明，可以借他看見洞內一切的偉麗。但幾丈以外，則爲光明之力所不能及，只好去暗中摸索，憑着自己底猜詳。我以爲猜詳是變形的瞎說，菽麥不辨，鹿馬不分，是常有的現象；雖說得天花亂墜，而究竟無可信的價值。所可信的，還只在幾丈之內，光明所及的地方，是憑我們底目，不是憑我們底想。我寫這節文字，卽抱這個態度，寧少說說得簡略些，者實些，不完全些。這全是應有的缺陷，不是我一個人底過失。至於誇張敷衍，想當然，才是求眞理底蟊賊，我們應當盡力去排斥。雖然，紅樓夢研究是學問界中底滄海一粟，無有甚深甚廣的價值；我總認定搏兎得用獅子底全力，方才可免兎脫的危險。

曹氏爲什麼只做了八十回書便戛然中止？以我們揣想，是他在那時病死了。紅樓夢到八十回並不成爲一段落，以文章論，萬無可以中止之理；可見那時必有不幸的偶然事發生，使著書事業爲之中斷。看敦誠贈詩有「著書黃葉村」之語，事在一七五七年，假定爲著紅樓夢之時，下距雪芹之卒只八年。（雪芹卒於一七六四）而紅樓夢八十回底成就，依本書第一回看，有十年之久，可見書未完成而作者衰病以卒，確是可能的事。頡剛也這麼揣想他說：「……不久他竟病死了，所以這部書沒有做完。」（十，五，十，信）這原僅僅是揣想，無可證明的，但除此更無較近情理的，我們故勉强採用了這個。

紅樓夢既是殘本，那麼，現存的八十回是當全書底幾分之幾？這也不容易逕直解答，因全書並沒有眞的存在，如何能衡量出一個確定的比例。依本書八十回內所叙的事比看，似八十回至多可當全書之半，（卽全書應當有一百六十回）至少可當全書九分之四。（卽全書一百八十回）這原是粗略地計算，但已可見現行的一百二十回本和已佚的一百十回本都是後人底手筆，決非原書了。我在石頭記底風格與作者底態度一文裏說：

「依我底眼光，現存的八十回只是石頭記底一小半，至多也不過一本真要補完全書，至少也得八十回，像現在所有的四十回決不夠的。因石頭記以夢幻爲本旨，必始于榮華終于憔悴，然後夢境乃顯。現存的八十回正是榮華未謝之時，說不到窮愁潦倒，更說不到自色悟空。以前八十回行文格局推之，以後情事卽極粗略寫去，亦必八十回方可。就事實論，截至現存八十回看；十二釵已結局者只一可卿，將盡者有迎春，巧姐則尚未正式登場。副冊中將下世者有香菱，已死者有晴雯，金釧，尤二姐，尤三姐，其餘大觀園中人物均尚無恙。知其結局雖極怱怱，亦決非四十回所能了。況且寶玉將由富貴而貧賤，由貧賤而衰病，由衰病而出家；若曲折盡量寫去，卽百回亦不嫌其多，況乃僅僅四十回。觀高君續作末數回，怱促忙亂之象，不是行文大類寫帳，可見原作決不止百二十回之數。

「若依大情大體看，結果亦正復相同。石頭記本演色空；（見第一回）

由夢中人說，色是正，空是反，由夢後人說，空是正，色是反。所以道士給賈瑞的風月寶鑑，有正反兩面，其實骷髏才是鏡子底眞的正面。作者做書時當然自居爲夢醒的人，故石頭記又名風月寶鑑，正是這個意思。既曉得石頭記中底色是書底反面，那麼現存的八十回不過一段反跌文字，正文尙在其後。依文格推斷，反跌文字已占了八十回，正文至少亦得八十回方能相稱。不然，豈不頭重脚輕呢？況且前八十回備記風月繁華之盛，若無後文一振便味同嚼蠟；惟其前榮後悴，然後方極感歎無聊之致。』一（學林第一卷第三號）

八十回後，回目約有多少，已說明了。我們便要研究結構與事實這兩點。事實呢，比較還有些可以推求，容在下文說。結構卻因不見原書，簡直無從懸揣，卽使可以懸揣，也總是不可靠的。我已聲明，本篇不願羅列沒有依據的話；所以關於八十回後底結構問題，我願付缺如，一字不提，自安于不知。我只消極地說一句，決非是高鶚底一百二十回本底樣子，雖然或者許有相似的地方。我怎麼能知道呢？因爲事實既有了差異，不得再有很相同的結構。

八十回後的紅樓夢原有三方面可以討論：(1)回目之數，(2)結構，(3)事實。現在(1)項約略說了一點，(2)項是無可說的，只賸(3)項了。而(3)項底內容，可考見的卻比較(1)(2)豐富得多，所以成了本文底主幹題目。自此以下，專在這一點上研究。

八十回後底書中事實，可依照八十回中底書中事實大略分爲四項：(1)賈氏，(2)寶玉，(3)十二釵，(4)衆人。我逐一明簡地去說明。有許多例證前已引過全文的，只節引一點。懷疑的地方也明白敘出，使讀者知我所以懷疑之故。

(二)賈氏——賈氏後來是終於衰敗，所謂『樹倒猢猻散，』這是無可疑的雖然以高鶚這樣的勢利中人，尚且寫了抄家一事。至於高本以外的兩種補本，在這一點上也正相同，且描寫得更淒涼蕭瑟。這可謂『人有同心』了！所以大家肯公認這一點，沒有疑惑，是因八十回中底暗示太分明了，使人無可懷疑；且文章一正一反，也是常情，可以不必懷疑。既然如此，似乎在這裏可以不必多說，我們看了高本，便可以知原本之味。但在實際上卻沒有這樣簡單。

賈氏終於衰敗雖確定了，但怎樣地衰敗？衰敗以後又怎麼樣？卻並沒有因此決定。這就是本節應討論的題目。我先列舉三補本底寫法：(1)高鶚補的四十回，賈氏是抄家，抄家以後又復世職，發還家產。(2)三十回補本，賈氏子孫流散，一敗塗地。⑶所謂舊時眞本的補本，榮寧籍沒備極蕭條。三本中⑵項寫得最利害；⑶項亦差不多；⑴項卻寫到復興，卽抄家時也只約略說過。這三本底批評，各有專篇，不在這裏說。我們且討論這兩個問題。

賈家是怎樣地衰敗的？這有兩個可能的答語：⑴漸漸的枯乾下去，⑵事敗罹法網，如抄家之類。我們最初是相信第一個解答，最近才傾向於第二個了。要表示我們當時的意見，最好是轉錄那時和頡剛來往的信。我當初因欲求『八十回後無回目』這個判斷底證據，所以說：

『抄家事聞兄言無考，則回目係高補又是一證。』（十，五，四，信）

頡剛後來又詳細把他底意見說了一番：

『賈家的窮，有許多證據可以指定他不是由於抄家的：

(1)「如今生齒日繁，事務日盛，主僕上下，安富尊榮的儘多，運籌謀畫者無一；其日用排場費用，又不能將就省儉，如今外面的架子雖未甚倒，內囊卻也盡上來了！」（第二回，冷子興對賈雨村說的話）

(2)「林黛玉常聽得母親說，他外祖母家與別家不同。他近日所見的這幾個三等僕婦，穿吃用度，已是不凡」（第三回）

(3)「賈宅族中凡有的子姪，……都是那些紈袴氣習，……今日會酒，明日觀花，甚至聚賭嫖娼，無所不至」（第四回）

(4)「外面看着雖是烈烈轟轟，不知大有大的難處，說與

人也未必信呢！」（第六回，鳳姐對劉老老說）

(5)「可卿死後，賈珍拍手道，『如何料理，不過儘我所有罷了！』又賈珍託鳳姐辦喪事說『只求別存心替我省錢，要好看爲上。』」（第十三回）

(6)「平兒向鳳姐說，『我們二爺那脾氣，油鍋裏的還要撈出來花呢！』」（第十六回）

(7)「趙嬷嬷道，『噹們賈府正在姑蘇揚州一帶監造海船，修理海塘，只預備接駕一次，把銀子化的像淌海水似的！』」（第十六回）

(8)「賈妃在轎內看了此園內外光景，因點頭嘆道，『太奢華過費了！』……賈妃極加奬讚，又勸以後不可太奢了，此皆過分……賈妃……再四叮囑，「倘明歲天恩仍許歸省，不可如此奢華靡費了！」」

由以上八條歸納起來，賈家的窮不外下列幾項緣故：

（甲）排場太大，又收不小；外貌雖好，內囊漸乾。(1)(2)(4)

（乙）管理寧府的賈珍，管理榮府的賈璉，都是浪費的鉅子。其他子弟也都是紈袴氣習很重。一家中消費的程度太高，不至傾家蕩產不止。(3)(5)(6)

（丙）爲皇室事件耗費無度。(7)(8)

所以賈氏便不經抄家，也可漸漸的貧窮下來。高鶚斷定他們是抄家，這乃是深求之誤』（十，五十七，信）

但他後來漸漸覺得高氏補這節是不很錯的，雖然仍以爲原書不應有抄家這件事他說：

「籍沒一件事雖非原書所有，但書上衰敗的豫言實在太多了；要說他們衰敗的狀況，覺得『漸漸的乾枯』不易寫，而籍沒則旣易寫，又明白。高鶚擇善而從，自然取了這一節。（十六，十信）」

我在六月十八日復他一信，贊成他底意見。這時候，我們兩人對於這點，實在是騎牆派；一面說原書不應有抄家之事，一面又說高鶚補得不壞。以現在看去，實在是個笑話。我們當時所以定要說原書不寫抄家事，有兩個緣故：(1)這書是紀實事，而曹家沒有發見抄家的事實。（以那時我們所知）(2)書中並無應當抄家之明文。至於現在的光景，卻大變了，這兩個根據已全推翻了，我們不得不去改換以前的斷語。

現在我們得從三方面去觀察這個問題。(1)從本書看，(2)從曹家看，(3)

從雪芹身世看。若三方面所得的結果相符合，便可以斷定『書中賈氏應怎樣衰敗』這個問題。我們知道，從本書看，確有將來事敗抄家這類預示，且很覺明顯不煩猜詳。（所引各證見上卷高鶚續書底依據及下卷後三十回的紅樓夢）我們又知道，曹家雖尚未發見正式被抄沒的證據，但類似的事項卻已有明證，很可以推測後來應有這麼一回事。這一點胡適之先生說得最明白。我引他底話：（他原文上面引謝賜履一摺，從略不引，但應當參看。）

『這時候曹頫（雪芹之父）雖然還未得罪，但謝賜履摺內已提及兩事：一是停止兩淮應解織造銀兩，一是要曹頫賠出本年已解的八萬一千餘兩。這個江寧織造就不好做了。我們看了李煦的先例，就可以推想曹頫的下場也必是因虧空而查追，因查追而抄沒家產』（胡適文存，卷三，二一七頁）這雖非抄家，但追賠八萬多兩銀子也就和抄家差不多。所以胡先生這個揣想，大致是確實的。（惟我以本書底年代推看，抄家似不應在曹頫卸任之時，恐尚須移後十餘年。）即我們如考查雪芹底身世，也可以揣測他家必遭逢不幸的變局，使王孫降爲寒士。雖然不一定是抄家，我們知道，雪芹幼年享盡富貴溫柔的人間福分，所以才有紅樓夢；（看書中的寶玉，便知）但在中年（三十多歲，）已是赤窮，幾乎不能度日了。敦誠寄懷雪芹詩，在一七五七年，中已有『於今環堵蓬蒿屯』之句，可見他已落薄很久了。（如假定雪芹生於一七一九，到敦誠作詩時，雪芹年三十八。）後來甚至于舉家食粥，（一七六一，敦誠贈詩）則家況之赤貧可知。但曹氏世代簪纓，曹雪芹之父尚及身爲織造，怎麼會在十年之內，由豪華驟轉爲寒畯，由吃蓮葉羹的人降爲舉家食粥？（依本書看，八十回終了時雪芹已有十九歲，到他三十歲後便已赤貧，可見境遇底劇變即在此十年之中。）要解釋這個，自然不便採用『漸漸枯乾』這個假定。雖然『漸漸枯乾』也未始不可使他由富貴而貧賤；但總不如假定有抄家這麼一回事，格外圓滿簡截。我總不甚相信，在短時期內，如不抄家，曹家會衰敗到這步田地。況且本書上明示將有抄家之事，尤不容有什麼疑惑。上邊頡剛所歸納的三項，也是實有的現象，但書中賈氏底衰敗，並不以此爲惟一的原因，也不以此爲最大的原因。最大的原因還是抄家。因爲『漸漸枯乾』與抄家是相成而不相妨的。我們並不能說，如是由於抄家便不許有『漸漸枯乾』這類景象，或者有了『漸漸枯乾』的景象，便不許再敘抄家事。我以爲紅樓夢中的賈氏，在八十回中寫的是漸漸枯乾，在八十回後便應當發見抄家這一類的變局，然後方能實寫「樹倒猢猻散」「食盡鳥投林」這種的悲慘結果，然後寶玉方能陷入窮境，既合書中底本旨也合作者底身世，然後方完成「按跡尋蹤不失其眞」的紅樓夢。

這樣看來，原書如敍賈氏底結局，大致和高本以外的兩補本差不多；和高本也差不多，只是沒有賈氏重興這回事。我們本來還有一點沒有正式提到，就是衰敗以後怎麼樣？這可以不必討論，從上邊看，讀者已知道衰敗便是衰敗，並沒有怎麼樣。高鶚定要把賈氏底氣運挽回來，實在可以不必，我已在高作後四十回底批評中詳說了。

(二)寶玉——因爲「紅樓」本是一夢，所以大家公認寶玉必有一種很大的變局在八十回以後。這一點是共同的觀察，可以不必懷疑討論。但變局是什麼？卻不容易說了。以百年來大家所揣測的，只有兩種：(1)窮愁而死，(2)出家。如聯合起來還有一種，(3)窮愁而後出家。

究竟這三種結局是那一種合于作者底原意，我們無從直接知曉。我們只可以從各方面去參較，求得較偪近的眞實如此便算解決了。我最初是反對高鶚底寫法——寶玉出家——以爲寶玉應終于貧窮。我對頡剛說：（已見辨原本回目只有八十這一文中的，不再引。）

『我想紅樓作者所要說的，無非始于榮華，終于憔悴，感慨身世，追緬古歡，綺夢既闌，窮愁畢世。寶玉如是，雪芹亦如是。出家一節，中舉一節，咸非本旨矣。盲想如是，豈有當乎？』（十四，二，七）

『由盛而衰，由富而貧，由綺膩而淒涼，由驕貴而潦倒，卽是夢，卽是幻，卽是此書本旨，卽以提醒閱者；（第一回）過于求深，則反迷失其本旨矣。我們總認定寶玉是作者自託，卽可以以雪芹

著書時的光景，懸揣書中寶玉應有的結局。……究竟此種懸想是否眞確，非有他種證明不可，現在不敢確說。』（十五，十四）

我當時所持的最大理由，是寶玉應當貧窮，在書中有明文，（第三回，寶玉贊）而雪芹也是貧窮的，更可爲證。當時卻不曾全然說明書中相反的暗示，（寶玉出家）只勉强解釋了幾個中間有些遁詞。頡剛先是贊成我這一說的，後來卻另表示一種很好的意見，我於是卽被他說服了。我們來往的信上說：

『曹雪芹想象中賈寶玉的結果，自然是貧窮，但貧窮之後也許眞是出家。因爲甄士隱似卽是賈寶玉的影子——（一）「秉性恬淡，不以功名爲念」。（二）到太虛幻境扁額對聯都與寶玉所見同。（三）「封肅便半用半賺了，略與他些薄田破屋，士隱乃讀書之人，不慣生理稼穡等事，强勉支持一二年，越發窮了。」（四）他注釋好了歌云：「陋室空堂，當年笏滿床；……綠紗今又糊在蓬窗上。……」—甄士隱隨着跛足道人飄飄去了，賈寶玉未必不隨一僧一道而去，要是不這樣，全書很難煞住，且起結亦不一致，所以高鶚說寶玉出家，未必不得曹雪芹本意。

「寶玉不善處世，不能治生，於是窮得和甄士隱的樣子，「暮年之人，貧病交攻，竟漸漸的露出那下世的光景來；」於是「眼前無路想回頭，」有出家之念。」（十五，五十七，頡剛給我的信）

「論寶玉出家一節見地甚高，弟只見其一未見其二也，貧窮與出家原非相反，實是相因，出家固不必因貧窮，但貧窮更可引起出家之念。甄士隱爲寶玉之結果一影，撰之文情，自相吻合。雪芹自己雖未必定做和尚，但也許有想出家的念頭；我們不能因雪芹沒出家便武斷寶玉也如此。……我們不必否認寶玉出家，我們應該假定由貧窮而後出家。」——（十五，二十一，復頡剛信）這明是從⑴說（終于貧窮）變成⑶說底信徒了。（貧窮後出家）我當時所以中途變節，一則由于寶玉出家書中明證太多沒法解釋；（高鶚續書底依據一文中約舉已有十一項，恐還不能全備。）二則若不寫寶玉出家事，全書很難結束，只是貧窮，只是貧窮，怎麼樣呢？且與開卷楔子不相照應，文局也嫌疏漏。我因這兩層考慮，不得不擇善而從，做頡剛底門下了。

至于各補本作者底意見，也可以約略點明，作爲參考。高鶚寫寶玉是不貧窮而出家；所謂舊時眞本底作者，主張寶玉不出家而貧窮；——淪于擊柝之役——三十回本底作者和我們一樣，主張他貧窮之後再出家。三十回本發現得最晚，有許多地方，暗合我們底揣想，這是我們所最高興的。我現在將三說分列如下：

(1)貧窮——所謂舊時眞本，我底初見。

(2)出家——高鶚四十回本。

(3)貧窮後出家——後三十回，我們底意見。

究竟誰是誰非，只好請作者來下判斷。八十回中旣並有「貧窮和出家」一這兩種預示，或者我們底主張較爲近眞些。但各人都有自是的成見，預示又每每含糊，可以作種種不同的解釋；所以是非底判斷還是不容易下的。而且，我們現在已知道雪芹以窮愁而卒，並沒有做和尙，這也未始是(1)說底護符。但我們始終以爲行文不必鑿方眼，雪芹雖沒有眞做和尙，安見得他潦倒之後不動這個心思？又安見得他不會在書中將自己底影子——

賈寶玉—以遁入空門爲他底結局？所以寶玉雖卽是雪芹，雪芹雖沒有出家，而我們卻偏相信寶玉是出家的。這是違反了邏輯底形式，但我們思想底障礙便是這個形式。因爲形式是死的，單簡的，事實是活的，複雜的；把形式處處配合到事實上，便是一部分思想謬誤底根原。我本不應當說這些題外的迂談，但這是我們對於自己底主張底辨解。

(三)十二釵——名爲十二釵，這兒可以討論的結局，實只有十一人，因秦可卿死于第十三回，似不得在此提及。且秦氏結局作者已寫了，更無揣測底必要。我在這篇之下，另有一短篇專論秦氏之死，作本篇底附錄。

論十二釵底結局是很煩瑣，且太零碎了，恐不易集中讀者底注意。現在我把十一人底結局分爲三部分論列。那三部呢？(A)無問題的，(B)可揣測的，(C)可疑的。(A)部底結果大致與高本所敘述差不多，相異只在寫法上面。(B)(C)兩部問題很多而(C)猶覺糾葛。我不避麻煩，慢慢地一步一步的走去。但文詞蕪雜，恐不足以引人入勝，這是要求讀者原諒的。

(A)無問題的——共有七人：元春，迎春，探春，惜春，李紈，黛玉，妙玉。怎麼說是無問題呢？因她們底結局，在八十回中，尤其在第五回底册子曲子中，說得明明白白。即高鶚補書也沒有大錯，不足以再引人起迷惑。所謂無問題底意義，就是結局一下子便可直白舉出，不必再羅列證據議論。且有些證據，已在高鶚續書底依據一文中引錄，自無重複底必要。我用最明簡的話斷定如下：

『元春早卒，迎春被蹧蹋死，探春遠嫁，惜春為尼，李紈享晚福，黛玉感傷而死，妙玉墮落風塵。』

這七人中又應當分為兩部分：(1)無可討論的，(2)須略討論的。無問題而須討論，這不是大笑話嗎？但我所謂無問題是說沒有根本的問題須解決，並不是以爲連一句話都不消說得。以我底意見元春迎春應歸入⑴項，以外的五人可歸入⑵項。⑴項可以不談，我們只說⑵項。

爲什麼定要嘵嘵然說不休呢？因爲這五人在高鶚本上寫得稍有些錯誤，如全然不付討論，勢必使讀者全然信服高氏底話，而以爲作者原意也如此。這雖不甚關緊要，因爲高氏錯得並不利害；但作者之意被人誤會，這是本篇應負的責任，不能輕易放過。且我也不想多說，有許多話已在前數篇中說到，可以參看。我也只用明簡的言詞，把無問題底意義，加上一點限制。

探春底册子，曲子，燈謎，柳絮詞都說得很飄零感傷的；所以她底遠嫁，也應極飄泊憔悴之致，決不是嫁與海疆貴人很得意的，（此處稍有修正，見上卷第三章注一）後來又歸寧一次，出跳得比前更好了。（高氏底寫法）因爲這樣寫法，並沒有什麼薄命可言；爲什麼她也入薄命司？（第五回）惜春底册子上畫了一座大廟，應當出家爲尼，不得在櫳翠庵在家修行。這兩處均應以後三十回本寫法爲正。

看李紈底終身判語，有『珠冠鳳襖』『簪纓』『金印』『爵祿高登』等語，可見她底晚來富貴，不僅如高氏所言賈蘭中舉而已。又曲子上說，『抵不了無常性命，』『昏慘慘黃泉路近』等語，似李紈俟賈蘭富貴後，卽卒，也並享不了什麼福。這一點高本因只有四十回書，簡直沒有提起。我並不怪高氏，只是聲明原來的意思應當如此。

黛玉因感傷淚盡而死，各本相同，無可討論。只是高鶚寫『洩機關顰兒迷本性』一回，卻大是贅筆，且以文情論亦復不佳，從八十回中看，並無黛玉應被鳳姐寶釵等活活氣死的明文，所以高鶚底寫法，我認爲無根據，不可信任。我並不是定說八十回後決無這類文字，我是說八十囘中既沒有明文，我們不能知道他究竟是怎麼樣。我只是懷疑不下判斷，我只是消極地警告讀者，不要上高氏底當。我覺得以黛玉底多愁多病，自然地也會夭卒的，高氏所寫未免畫蛇添足，且文情亦欠温厚蘊藉，雖沒有積極的確證，但高作本未嘗有確證。

妙玉是後來『骯髒風塵』的，高鶚寫他被刦被汚，也不算甚錯。但作者原意既已實寫了賈氏底凋零，一敗而不可收拾；則妙玉不必被刦，也可以墮落風塵。所以高氏寫這一點，我也認爲無根據。妙玉後來在風塵中，我們知道了，承認了；但怎樣地落風塵，我們卻老老實實不知道，卽使去懸揣也是不可能。

（B）可揣測的——有二人鳳姐，她底女兒巧姐所謂『可揣測，』是什麼意義？就是說八十回中雖有確定的暗示，但我們却不甚明瞭他底解釋；所以一面是不能斷定她們底結局，（不明瞭）在另一面又不能說是『可疑。』（確定的暗示）這是（A）（C）兩項底間隙型；是可以懸擬，不可以斷言的；是可以說明，不可以證實的。我們姑且去試一試，先把假定的判斷寫下來。

『鳳姐被休棄返金陵，巧姐墮落煙花，被劉老老救出。』

當然，不消再說得，這判斷是不確定，不眞實的；只是如不寫下來，恐不便讀者底閱覽，使文章底綱領不明。我先說鳳姐之事，然後再說到她底女兒。

鳳姐被休，書中底暗示不少，舉數項如下：

⑴冊詞云：『一從二令三人木，哭向金陵事更哀！』

(2)第二十一回，賈璉說：『多早晚才叫你們都死在我手裏呢！』

(3)第六十九回，(戚本)賈璉哭尤二姐說：『終究對出來，我替你報仇。』

(4)第七十一回，邢夫人當着大衆，給鳳姐沒臉。

(1)項容再論。上列三項如綜括起來，則(2)(3)是不得於其夫，(4)是不得於其姑，都是被休底因由。而(1)項尤爲明證。『人木』似乎是合成一個休字，但因全句無從解析，姑且不論。卽『哭向金陵事更哀』一語，卽足以爲證而有餘。我們既知道賈家是在北京，則鳳姐如何會獨返金陵？如說歸寧，何謂『哭向』？何謂『事更哀』？高鶚說她是歸葬金陵，也不合情理，我在後四十回底批評已痛加駁斥了。

因爲要解釋所謂『返金陵，』只有被休這一條道路；且從八十回所敘之情事看，鳳姐幾全犯所謂『七出之條，』而又不得於丈夫翁姑，情節尤覺吻合。我敢作『被休棄返金陵』這個假設的斷案，以此。但爲什麼始終不敢斷言呢？這是因『一從二令三人木』一句，無從解釋；一切的證據總不能圓滿之故。我雖覺得是千眞萬確了，但有一點證據不能解釋淸楚，這是沒有法子的事情，只得存疑了。

巧姐遭難被劉老老救去，這是從八十回去推測可以知的，高鶚且也照這個補書，所以實在可以說是無問題。我所以把她列入（B）項，只因爲我有一點獨創的新見，願意在這裏說明。

依高鶚寫，巧姐是將被她底『很舅姦兄』賣與外藩做妾，而被劉老老救了去，住在村莊上，後來賈璉囘家，將他許配與鄉中富翁周氏；這實在看不出怎麼可憐，怎麼薄命。巧姐到劉老老莊上，供養得極其周備，後來仍好好地回家，父女團圓。這不知算怎麼一回事！高先生底意思可謂奇極！

依我說，巧姐應被她底『很舅姦兄』賣了；這時候，賈氏已凋零極了，鳳姐已被休死了，所以他們要賣巧姐，竟無有阻礙，也無所忌憚。巧姐應被賣到娼寮裏，後來不知道怎樣，很奇巧的被劉老老救了，沒有當眞墮落到烟花隊裏。這是寫鳳姐身後底凄涼，是寫賈氏末路底光景，甚至於赫赫揚揚百年鼎盛的大族，不能蔭庇一女，反借助於鄉村中的老嫗。這類文情是何等的感慨！

我這段話，讀者必詫異極了，以爲這無非全是空想，却說得有聲有色，彷彿『像煞有介事，』未免與前邊所申明的態度不合了。其實我所說的，自然有些空想的分子，但証據也是有的。容我慢慢地說。讀者沒有看見第一回好了歌注嗎？中間有一句可以注意。

『擇膏粱，誰承望流落在烟花巷。』

這說的是誰？誰落在烟花巷呢？不但八十回中沒有是當然，卽高本四十回中也是沒有的。這原不容易解釋意思雖一覽可盡，但指的是誰，却不好說。依我底揣摹，是指巧姐。『擇膏粱』這一乘詞「擇」字應當注意。這句如譯成白話，便是『富貴家的子弟來說親事，當時尚且要選擇，誰知道後來她竟流落在煙花巷呢！』這個口氣，明指的是巧姐。巧姐因她流落在烟花巷裏，所以有遇救的必要，所以叫做『死裏逃生』。若從高氏說，巧姐將賣與外藩爲妾，邢夫人不過一時被矇，決不願意把孫女兒作人婢妾，這事底挽回，何必劉老老？高氏所以定要如此寫，其意無非想勉強照應前文，在文情決非必要。可知作者原意不是如此的。而且，關於巧姐事，八十回中屢明點

『巧』字，則巧姐必在極危險的境遇中，而巧被劉老老救去。高本所寫似對於『巧』字頗少關合。我底揣想如此，至於是不是，憑讀者底評判。

（C）可疑的——有二人：湘雲，寶釵。而湘雲底結局，尤爲可疑。所謂可疑，是指八十回中有多歧的證據，或者竟是相矛盾的，使我們無論如何，難得着圓滿的解釋。所以在這一項中，雖假設的判斷也不能有了。我只把可疑的事情底標題寫在下邊，然後說明一番。

『⑴寶釵嫁寶玉之事，⑵湘雲嫁寶玉之事，⑶湘雲守寡，或早卒之事。』

一方面想寶釵與寶玉成婚，似毫不成問題，竟可列入（A）項中去。但我爲什麼把他列入（C）項？這自然也可以說是一種偏見，但我願意把我底偏見告訴諸君。

釵玉成婚一事所以不免可疑，有兩個根原⑴湘雲底結局問題不能解決，因此寶釵底結局也不免搖動⑵本身的可疑。湘雲之事下節詳說。這節僅說明本身的可疑。我們知道，紅樓夢暗示金玉姻緣之事可謂多極了。我在高鶚續書底依據一文中，約略舉示已有十四項之多。以這麼多的預示，似乎可以無須再懷疑了，但在實際上，我卻仍不免懷疑。我舉兩條八十回中關于寶釵底暗示，與釵玉成婚相矛盾的；如下：

『近因今上崇尚詩禮，徵採才能，降不世之隆恩，除聘選妃嬪外，凡世宦名家之女，皆得報名達部，以備選擇，為公主郡主入學陪侍，充為才人贊善之職。……薛蟠……一來送妹待選。』（第四回）

『寶釵底册詞，是「金釵雪裏埋。」』（第五回）

第四回之文可謂怪極。如釵玉將來成婚，何必作此迂腐可笑之贅語？不可解一。薛蟠入都，何事不可借口，偏要說送妹待選？不可解二。第五回之文也很奇怪。如寶釵嫁了寶玉，眞是美滿的姻緣，何謂雪裏埋？不可解三。

以外關於版本底區別，可疑的也有兩處：(1)第八回之目，高本明寫金鎖通靈，而戚本之目全異。(2)第二十二回，高本寶釵之謎有『恩愛夫妻不到冬』之語，而戚本全沒有，反說了什麼『曉籌不用雞人報。』我們知道，『絳幘雞人報曉籌，』是唐人底早朝詩，是宮禁內底光景。我們原不敢認戚本是一定對的；但何以在有關係的地方偏有這類的異同？這實不能令我無疑。

總之，以大多數的證據而論，作者底原意是偏向於釵玉成婚的；但矛盾曖昧之處，卻頗費解釋。我對頡剛說：

『你舉寶釵與寶玉成婚之證，這是我向來的疑惑。我並沒有斷定什麼，就因爲對這些矛盾的證據沒法解釋，……我只把另一方面提出，請大家注意。除此以外，我無從推論到結果。我從原書事實，找不到一個完滿調和的假定。』（十，五，二十一，信）

這個一年前的困難光景，到現在還是依然。寶釵底結局究竟原本是應當如何的，我可以說是無所知。依八十回底大勢推測，寶釵似乎終於和寶玉成婚。但後來文情，有無局面突變這類事情發現，實在不能懸想。因爲突變是沒有線索可尋的，若線索分明，便不成爲突變了。我想，如婚事將成，而局面突變，在文章上也是一格；但不知道八十回後有這麼一回事嗎？

寶釵底結局，既我們不能斷言，所以三補本底作者底意見也不能一樣。三十回本與四十回本是相同，都寫釵嫁後而寶玉出走。這我們可以說他是正宗舊時眞本上寫釵早卒，至于她嫁寶玉與否無可考。我在這文又作寶釵入宮的揣想。所以寶釵可能的結局，應如下表：

(1)嫁寶玉而寶玉出家。

(2)早卒。
- 未嫁而卒。
- 嫁後卒。

(3)被選入宮。

我雖曾作(3)項的揣想，在大體上，仍偏向于第(1)項；因爲依據較(2)(3)爲充足些。但也究不能斷言是如此，至多只是說大概如此罷了。

講到湘雲底結局，更覺麻煩得很；因爲八十回中所說，實在太多歧，且太曖昧了。我一年來總是百思不得其解，有時勉强承認頡剛底第三十一回之目經過改竄這一說，但這也是沒奈何的辦法。

我們先說湘雲嫁寶玉之事，我最初就懷疑到這一點，在十年五四一信上說：

『最奇怪令人注意的，莫過於第三十一回，「因麒麟伏白首雙星」一語。……又如：

（一）寶玉因湘雲有麒麟，故取之。（第二十九回）

（二）翠縷與湘雲明辨陰陽配偶之理。（第三十一回）

（三）寶玉說：「倒是去了印平常，若丟了這個我就該死了！」可見麒麟之事非偶然，非閒文。（第三十二回）

（四）李嬸娘說：「怎麼那一個帶玉的哥兒，和那一個掛金麒麟的姐兒，……」特意雙提「金玉，」似非無意。（第四十九回）

其餘別的話，可以供我們胡揣湘雲底結局的，還有：

（一）紅樓夢曲云：「廝配得才貌仙郎，（疑指寶玉）博得個地久天長。」（卽所謂白首雙星）

（二）第二十一回寫湘雲睡態，寶玉愛洗殘水，湘雲爲寶玉梳頭，均極工細明活，非無意之筆。

卽此等考慮都視爲比附穿鑿；但「因麒麟伏白首雙星」應怎樣解法？何謂因？何謂伏？何謂雙星？在後四十回本文中，回目中，有一點照應沒有？……或假定作者疏忽，但曹雪芹似不應如此糊塗。此書雖不免有支離之處，但都是小節目，不可與此相提並論。』

我在這信中，對於湘雲嫁寶玉案，略傾向于肯定一方面。但我始終因本書中釵玉成婚底預示太多了，故不敢斷言，只表示一種疑慮而已。頡剛底態度，也正復相同，直到六月十日給我一信，方假定第三十一回之目是後人改的，而同時又作湘雲不嫁寶玉這個斷案。他說：

「史湘雲的親事，三十一回，王夫人道，「前日有人家來相看，眼見有婆婆家了。」三十二回，襲人說，「大姑娘，我聽前日你大喜呀！」可見湘雲自有去處。」

因爲除掉他這一說，那時更沒有較好的假定；我對於這案底態度，於是從肯定漸漸轉成否定。但他所謂回目經人改竄究竟只是個懸想，所以這問題並不得視爲解決了。後來等我發見了三十回本，才得了一個較圓滿的解釋，就是湘雲不嫁寶玉，而卻借金麒麟作媒介。這麼一來，所謂「因」「伏」頓然清楚，且不礙釵玉底姻緣，又不消假定有改竄回目這回事。我們總循障礙最少的路上去走，於是暫時相信這一說，否認寶玉湘雲底姻緣。雖也不是定論，但疑雲確已漸漸散了。

若論到湘雲嫁後底結局是怎麼樣？這直到最近仍無法解決，只得承認作者自己底矛盾。可能的結局大別有兩種，各在八十回中有根據，而又相衝突的。我先把兩種結局底依據，寫錄下來。甲種又分（A）（B）兩項，這是由於解釋底歧異，並非有根本上的區別。

（甲）不終的夫婦

（A）湘雲早卒——我們所主張

（B）湘雲守寡——高鶚說

這一說底依據是：

『轉眼弔斜暉，湘江水逝楚雲飛。』（第五回，湘雲册詞）

『終久是雲散高唐，水涸湘江。』（同回，紅樓夢曲樂中悲）

（乙）偕老的夫婦——所謂舊時眞本底作者

他底依据是：

『因麒麟伏白首雙星』（第三十一回目錄）

這是明顯的矛盾，如不解決便無法去處置湘雲。頡剛起先以爲這是作者自己底矛盾；後來因發見了『舊時眞本，』於是遂推翻第三十回之目，以爲是經後人竄改的。他更揣想，以爲竄改這回目的人，便是所謂舊時眞本底作者。他底兩時期底意見，都在他給我的信中發表。

『再看史湘雲的册子曲子，頗有他自己早死的樣子，並不似與寶玉同度貧窮淒涼的生活的；何以會有「因麒麟伏白首雙星」這一段情境呢？這本是作者矛盾之處，續作者自不易圓攏

來。」（十，五，十七信）

這是他底初見，一方說明這是作者底疏忽，一方又說湘雲底結局是應早卒，不是守寡。我也覺得從冊子曲子看，湘雲是應當早卒的；因為水逝雲飛，是很快的變動，是夭折底象徵。但「早卒」「守寡」相差不多，尚不成為大問題。最主要的還是（甲）（乙）兩說底衝突。因為兩不相下，只得歸罪于作者。但頡剛後來的意見，便想根本推翻（乙）說了。他說：

「我對於這所謂舊時眞本有兩個假定：⑴這是補本，⑵這補本在高鶚之先，為高鶚所及見；於是可見「因麒麟伏白首雙星」這個回目，便是補作人的改筆，用來照顧他自己煞尾時「寶湘成婚」的一段情事的。我把他們致誤致疑的步驟，假定如下：

⑴曹雪芹要寫出黛玉的嫉妒，所以借這「小物」引起

一篇極深摯的寶黛言情文字。

(2)補作的人看原文中既有金麒麟的巧合，想寶湘二人應當有夫婦的緣分，但原文中處處露出寶玉與寶釵結婚的預言，所以結果只得寫寶釵早卒，（按，頡剛之意，似以爲他是寫寶釵嫁後早卒）寶湘在貧賤中偕老。

(3)這部補書做完了，作者覺得寶湘成婚在八十回太沒呼應，所以改了一個回目，確定他們的婚配。

(4)高鶚看了這部補作，覺得不滿意，所以把他打翻，自己另做，使湘雲結果仍照曲子，册子，與原文中散見的說話，而丟了金麒麟的一事。但這個回目，因爲在原文之內，他未敢臆改。（程排本高鶚引言中語）

(5)這回目的原名，給補作者改了後人無從知道。補本裏湘雲的結果，又爲高鶚改了。遂使我們讀着，感到矛盾的情境，徒然疑到雪芹原文的牴牾；或者以爲高鶚的粗忽，不能曲盡雪芹之意。……

但高鶚所以不以這樣補爲然，而自己另是那樣補的緣故，也有數種：……

(1)書中處處說黛玉要早死，而處於他反面的寶釵，處處說他厚福，並無早死之意。所以與其寫寶釵早卒，不如寫寶玉出家。寶釵不死，則史湘雲決不會與寶玉成婚配。

(2)曲子裏又說「廝配得才貌仙郎，博得個地久天長，準折得幼年時坎坷形狀，終久是雲散高唐，水涸湘江。」這是塵寰中消長，數應當，何必枉悲傷！」這「準」與「終久」的挈合詞，極顯明起初很滿意而後來大失望的樣子。可見雪芹之意，原是要他嫁一個可意的夫壻，但終究是無可奈何的病死了，折不得幼時的坎坷。這正是「不終的夫婦，」如何會變成「白首的雙星」？曲子裏說他幼時坎坷，並不是說他遲暮乞丐；曲子裏說他早年失偶，並不是說他老年好合。補作的人泥于金麒麟的一物，不恤翻了曲子的案，這是他的不善續。……』（十，六十，十信）

頡剛這番話，說得自然極好。他這假定，拿來解釋一切困難，也極方便。我當時沒有比這更好的假設，於是承認他底話，爲暫時的斷論。（十，六，十六，信）

但他底話，我後來仔細想去，仍是很可疑的。現在把我底疑惑列爲四項：

⑴回目經改竄既沒有顯著的痕跡，也沒有記載底明文，只是一種懸想。

⑵既原本並沒有『白首雙星』之文，補書人決不容易輕輕拋棄『通靈金鎖』這件公案，因區區兩個麒麟，擅定寶玉湘雲底配偶。我們現在會疑心到寶玉湘雲有姻緣之分，正因爲『白首雙星』這回明文的緣故。如單是有這樣一節文字，提到兩個金麒麟，很不容易引起人底猜測。

⑶高鶚補書，上距雪芹之卒只二十七年。若重要的回目，經人改竄，他豈得絲毫不知，反聽其存在，自相矛盾？況且他於印書時，曾用各本參較一番；難道各本中竟沒有保存這回原來的目錄的？

(4)佚本三十回底作者年代更先於高氏，也依照這回之目底暗示來補書，未嘗稍有所懷疑；更可證這回之目是未經改竄的。

我因這些考慮，不能再承認頡剛之說爲定論，於是仍回到於本來的地位，而一無所知，只有許多的『?』留在腦子裏面。現在綜括起來，最大的問題有兩個：(1)就是頡剛底話，無論湘雲是早卒，是守寡，總是個不終的夫婦，怎麼能說『白首雙星』?(2)若說第三十一回之目是改過的，有什麼證據?以我們所知，三補本在這一點上是相同的，且高鶚何以敢於推翻補本底結構，却不敢改正他所改的回目?說是由於不知，似無不知之理。

至於各家底揣想各不相同；但對於上列的問題，沒有一個能解答的。我羅列各說如下，附帶一點消極的批評。

(一)湘雲嫁後，(非寶玉，亦不關合金麒麟)丈夫早卒，守

寡。（高鶚）

［按這說一則誤解册子，曲子；二則不合「白首雙星」的預示。］

（二）湘雲嫁寶玉，流落爲乞丐，在貧賤中偕老。（所謂舊時眞本）

［按這說違反册子，曲子底預示，且湘雲爲乞丐太沒來由。］

（三）湘雲嫁後，（非寶玉，關合金麒麟）……（後三十回本）

［按這說因不完全，所以不知道是怎麼樣？但總不能解決這個矛盾，這是可以想見。］

（四）湘雲嫁後，（非寶玉，不關合金麒麟，）夭卒。（顧頡剛）

〔按：這說是不承認『白首雙星』這個回目的，所以本身上可以自圓其說。但回目底改竄，沒有證實，是一缺陷。〕

以徘徊旁皇的我，並不想非議他們，只是表白這問題底如何困難罷了。我再把自己底揣想也寫下來。我以為湘雲雖不嫁寶玉，但她底婚姻須關合金麒麟，（我不信回目是經改竄的，）嫁後夭卒。我這意見實與（三）說相同，不過塡滿了他底空白。但這一塡滿，便不能免有缺陷。讓我自己來批評，我底話也違反『白首雙星』底預示，我對于自己這說底辨解，是假定作者自己底互相矛盾。

本來第三十一回之目，原有兩部分的暗示：⑴因金麒麟而伏有姻緣，⑵這是白首偕老的姻緣。【注二】如兩點全和其餘的相矛盾，這是大疏忽，我們不敢輕誣作者的。但只有(2)點與其餘的相矛盾，那便算不得什麼，只可以說偶然疏忽而已。況且，紅樓夢本是未完的書，沒有經過詳細的删定；那麼，這種疏忽，也可以原諒作者的。換句話說，我們卽假定作者在這一點上沒有注意到，也算不得厚誣前人。以我現在所處的地位，逼迫我去採用頡剛最初的見解。

（四）雜說衆人——本書最重要的事實，已在上三部中約略包舉。現在說到一些零碎的事情，姑且從無統系中找個統系。現在把寶玉，十二釵以外的衆人底事情，我以爲須更正高本底錯誤的，分爲兩項：（A）賈氏諸人（B）副册又副册中的人物。

賈氏諸人可以略說的——因爲略有些關係——只有邢夫人，賈環，趙姨娘。以外那些不相干的，自然不應當浪費筆墨。我們先說邢夫人與鳳姐底關係。我以爲賈母死後，邢夫人與鳳姐必發生很大的衝突，其結果鳳姐被休還家。這也是八十回後應有的文章。

從書中我們知道鳳姐是邢夫人之媳，而王夫人之內姪女。因賈母在堂，所以兩房合併，王夫人與鳳姐掌握家政，而邢夫人反落了後。賈母死後，鳳姐當然得葉落歸根，回到賈赦這一房去，並不能終始依附王夫人。書中曾明說過應有這麼一回事

『平兒道「何苦來操這心！……依我說，縱在這屋裏（王夫人處）操上一百分心，終久是回那邊屋裏去的（邢夫人處）……」』（第六十一回）

這已無可疑了。但鳳姐回到那邊屋裏以後，又怎麼樣呢？以我揣想，應和邢夫人發生大衝突。怎麼知道呢？從八十回中推出來的。我們看，鳳姐平素作

威作福，得罪了多少下人，而邢夫人又是稟性愚弱，多疑的人；（第四十六，第五十五，第七十一回）兩方面湊合，那些下人豈有不去在邢夫人面前搬弄是非的理？賈氏那些下人底惡習，鳳姐說得最明白：『坐山看虎鬥，借刀殺人，引風吹火，站乾岸兒，推倒油瓶不扶，都是全掛子的武藝！』（第十六回）在這樣空氣下邊，賈母死後，鳳姐失勢，自然必當有惡劇才是。而且，邢夫人和鳳姐底衝突，賈母在時，八十回中已見端倪了。

『嫌隙人有心生嫌隙』（第七十一回目錄）

『邢夫人自爲要鴛鴦討了沒意思，賈母冷淡了他……自己心，內早已怨忿；又有在側一干小人，心內嫉妬，挾怨鳳姐，便挑唆得邢夫人着實憎惡鳳姐』

『鴛鴦說：「……那邊大太太，當着人給二奶奶沒臉」』（均

第七十一回）

這三節話，簡直就是我上邊所說的證據。邢夫人果然是因小人底挑唆，着實憎惡鳳姐，果然是故意與鳳姐爲難。賈母在日，鳳姐得勢之時尚且如此，則賈母身後，鳳姐無權之時，又將如何？其必不會有好結果，亦可想而知的。且賈璉因尤二姐之死，本有報仇底意思，（第六十九回）再重之以婆媳交鬨，豈有不和鳳姐翻臉的？鳳姐既身受兩重的壓迫，又結怨于家中上下人等，（如趙姨娘，賈環等）賈母死了，王夫人分開了，則被休棄返金陵，不但是可能，簡直是必有的事情。册子上一座冰山，是活畫出牆倒衆人推的光景。而與邢夫人交惡一事，猶是冰山驟倒底主因之一。

我們再說賈環趙姨娘與寶玉之事。我也以爲八十回後必不能沒有這一場惡劇。頡剛也曾經有這見解。他說：

「我疑心曹雪芹的窮苦，是給他弟兄所害，看紅樓夢上，個個都歡喜寶玉，惟賈環母子乃是他的怨家；雪芹寫賈環，也寫得卑瑣猥鄙得很，可見他們倆有彼此不相容的樣子，應當有一個惡果。但在末四十回裏，也便不提起了。

『寶玉那時，不相容的弟兄握了勢，可以欺他了，庇護他的祖母也死了，他又是不懂世故人情，不會處世，於是他的一房就窮下來了。』（十，十五，十，信）

頡剛已代我說了許多話，我只引幾節八十回中底話來作證就完了。凡一部有價值的文學書籍，必不會有閒筆，必不肯敷衍成篇。以紅樓夢這樣的精細，豈有隨便下筆，前後無着落之理？我們只看八十回中寫賈環母子與寶玉生惡感這類事情，寫得怎樣地出力，便知道必有一種關照在後面。若不如此，這數節文章便失了意義，成爲無歸的遊騎了。我把前人所謂『言不空生論不虛作，』斷章取義，介紹到紅樓夢來。我覺得一部好的文學便是一隊訓練完備佈置妥貼的兵，決不許露出一點破綻在敵軍——讀者——底面前。

寶玉與賈環母子底仇怨，八十回中屢見；如第二十回賈環說寶玉擠他；第二十五回，賈環將蠟燭向寶玉臉上推；第三十三回，賈環在賈政前揭發寶玉底陰私，使他挨打。但最明顯，一看便知道必有後文的，是第二十五回，『魘魔法叔嫂逢五鬼。』這回底色彩在八十回最爲奇特，決非隨意點綴的閒文可比。我引幾節最清楚的話：

「趙姨娘聽了答道『罷罷！再別提起！如今就是榜樣兒。我們娘兒們跟得上這屋裏那一個兒？』

「怎麼暗裏算計？我倒有個心，只是沒這樣的能幹人。」

「……難道就眼睜睜的看人家來擺布死了我們娘兒兩個不成？」

「果然法子靈驗，把他兩人絕了，這家私還怕不是我們的？」』

這四節趙姨娘底話表現他們所以要害寶玉底緣故十分明白。（鳳姐將來被休時從這裏看，也應當受賈環母子底害。）(1)因自己不如人，而生嫉妬。(2)我不害人，人將害我，不能相容。(3)如害了寶玉，偌大家產便歸於賈環之手。有這三個因，於是賈環母子時時想去算計寶玉。趙姨娘幸災樂禍的心理也在第二十五回裏表出。

『趙姨娘在旁勸道：「……哥兒已是不中用了，不如把哥兒的衣服穿好，讓他早些回去，也免得他受些苦；……」』

以這種『禍起蕭牆』的空氣，等賈母死後，自無不爆發之理。可見頡剛底懸揣，是大半可信的。我在這裏，又聯想到賈氏底敗，其原因不止一樁；約略計來，已有大別的三項：(1)漸漸枯乾——上文頡剛所舉示的各證。(2)抄家——我所舉示的各證，及上文底情理推測，曹家事實底比較。(3)自殺自滅——如這兒所說的便是。而第七十四回探春語尤為鐵證。

『可知這樣大族人家，若從外頭殺來，一時是殺不死的！這可是古人說的「百足之蟲死而不僵」，必須先從家裏自殺自滅起，纔能一敗塗地呢！』

這是很明顯的話，她上面說『抄家，』下面接着說『自殺自滅，』上面說『先從，』下面說『纔能；』可見賈氏底衰敗，原因係複合的，不是單純的。我以為應如下列這表，方才妥善，方才符合原意。

A 急劇的
- 甲 抄家……（外禍）
- 乙 自殘……（內亂）

B 漸進的—丙 枯乾
- a 排場過大
- b 子弟浪費……
- c 爲皇室耗費

……賈氏衰敗

從上表看，像高氏所補的四十回，實在太簡單了，不能從多方面下手。原來寫複合的成因是很難的，只爲實際上複因多而單因少；所以文學如以嚴格地寫實爲主，便不許捨難取易。高鶚却不見得明白這個道理，只是媽媽糊糊的把帳一了，就算完事。

這些話原應該列入(1)項中說，在這兒是題外的文章；但我因從賈環

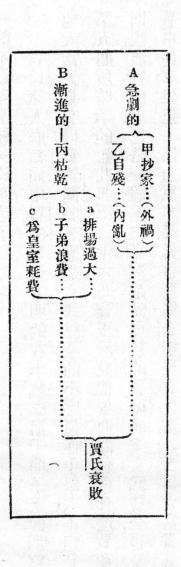

母子與寶玉衝突一事，又想到這一段意思，便拉雜地寫下來。好在只在一文中間，前後儘可以參看。本來文章分段，是因才力薄的不得已的辦法，如果當眞能『文如其惜，』最好是一氣呵成，而能使讀者一樣的眉目清朗，不支不蔓，這才是眞正的文學手段，可惜我不能啊！分段原是大略的指標，不能十分機械地去限制思想底逕路，最好用李後主底詞句來描寫，所謂『翦不斷，理還亂』的便是了！

賈氏諸人底結局中，賈蘭是很分明的，在李紈底册子曲子上面，明寫他大富大貴。我以爲賈蘭將來應是文武雙全的，不應僅僅中舉人。不但是第五回所暗示的如此。即第二十六回，寶玉看見他射鹿，問他做什麼？賈蘭回說，演習騎射；也是一證。本來滿洲是尙弓箭的，賈蘭將來文武雙全，也是意中的事。但這一點，如原本果眞這麼寫去，卻沒有什麼好；因爲太富貴氣了。這倒很像高氏底筆墨；但高鶚在這裏偏又不這麼寫，不知又爲了什麼？我想，高鶚自己中了個舉人，只知世間只有舉人最闊，也未可知。但這自然是開頑笑的話。

以外副冊又副冊中人物，我所知道的離完全竟很遠，現在只挑些可說的說。因爲不關重要，所以也簡單地說。

(1)香菱是應被夏金桂磨折死的。我引胡先生底話：

「第五回的「十二釵副冊」上寫香菱結局道「根並荷花一莖香，平生遭際實堪傷。自從兩地生孤木，致使芳魂返故鄉。」兩地生孤木，合成「桂」字。此明明說香菱死於夏金桂之手，故第八十回說香菱「血分中有病，加以氣怨傷肝，內外挫折不堪，竟釀成乾血之症，日漸羸瘦，飲食懶進，請醫服藥無効。」可見八

十回的作者明明要香菱被金桂磨折死。……』（胡適文存，卷三）

他說得再確實沒有了，但我還得稍添補一下。戚本第八十回之目是『嬌怯香菱病入膏肓，』也是香菱將死底一證。我又以爲香菱應死在元宵節後，或者竟在節上被夏金桂害死的，也未可知。我舉一詩爲證。第一回，甄士隱抱着女兒（香菱）和尙對她念了一偈，其文是：

『慣養嬌生（出於名門）笑你癡，（獃香菱）菱花空對雪澌澌（言與薛蟠並無恩愛）好防佳節元宵後，便是煙消火滅時。』

高鶚所補，沒有照應到這一點，也是他底粗忽。

(2)小紅應當和賈芸有一個結局。這也讓適之先生說：

『即如小紅，曹雪芹在前八十回中極力描寫這個攀高好勝的丫頭；好容易他得着了鳳姐的賞識，把他提拔上去了；但這樣一個重要人才，豈可沒有下場？況且小紅同賈芸的感情前面既經曹雪芹那樣鄭重描寫，豈有完全沒有結果之理？』（胡適文存，卷三）

頡剛也說：

『小紅事，我從「遺帕惹相思」數回看來，似乎應和賈芸有些瓜葛，但後來竟不說起，似乎是一漏洞。』（十，五，二十六信）

小紅在後四十回中雖屢見，（第八十八，九十二，一〇一，一一三各回）但只和豐兒當了鳳姐底小丫頭，毫不重要。即第八十八回，和賈芸搗了一回鬼，以後也毫無結局，可見高鶚確是沒注意到她，且所以遺漏了她底結局，或者他因爲不知道應當怎樣寫法？即我們現在對於這點也是不知道的。適之只說，『豈可沒有下場；』頡剛只說，『應有些瓜葛。』究竟下場是什麼？瓜葛是什麼？他們既說不出來，我也說不出來。只好請雪芹自己說罷，但他却沒有說什麼！

(3)鴛鴦不必定是縊死。這是消極的話。我並不知道她底結局，究竟是的確怎樣，（雖然大概可以知道）只覺得高氏補這節文字，不免有些武斷，雖不一定就是錯誤。鴛鴦底結果底暗示，如下：

『鴛鴦冷笑道：「……縱到了至急爲難，我翦了頭髮，做姑子去。不然，還有一死！……」』

『我也不跟着我老子娘哥哥去，或是尋死，或是翦了頭髮，當姑子去』（均第四十六回）

她明是出家與自盡雙提在第一節中，似以當姑子爲正文，而自盡是不得已的辦法。卽後來當着賈母翦髮，也是出家底一種表示。不知高先生何以會知道她定是縊死的？這明是一種武斷。我們作八十回後底揣測，便應當排斥這種武斷，而使鴛鴦底結局懸着，庶不失作者底本意。

(4)麝月是跟隨寶玉最後的一人。這層意思，在下卷後三十回的紅樓夢一文中詳說。現在只把明證寫下來。

『麝月便掣了一根出來，大家看時，上面一枝荼蘼花，題着「韶華勝極」四字；那邊寫着一句舊詩，道是「開到荼蘼花事了。」註云「在席各飲三杯送春。」』（第六十三回）

麝月將爲羣芳之殿，於此可見。我疑心敦誠所謂『新婦飄零』或就是指的她。（原詩見四松堂集，努力第一期所引）但這亦是瞎猜，祇供讀者底談助而已。

(5)襲人應是個負心人。她嫁蔣玉函應爲寶玉所及見。這也在後文尙有論到的。現在舉證列下，而分論之。

(A)『這襲人有些癡處：伏侍賈母時，心中眼中只有一賈母；今跟了寶玉，心中眼中又只有一個寶玉。』(第三回)

這可謂絕妙的形容。換句話說，便是『見一樣愛一樣，』『得新忘舊』的脾氣。這就是將來作負心人底張本。這兒把她底性格寫得如此輕薄，反說是『有些癡處』，可謂蘊藉之至。我想，這文還沒有完全，應當補上一句：『將來跟了蔣玉函，心中眼中只有一個蔣玉函。』但如此痛快，恐非作者所許的。他如何肯一語道破呢?

(B)襲人底册詞是：『枉自温柔和順，空云似桂如蘭。堪羡優

伶有福，誰知公子無緣？』（第五回）

這幾個挈合詞，已把作者底憤怒，襲人底負心，完全地寫出。如讀了這兩節，還不相信襲人底負心，可謂不善讀書。

（C）自晴雯被逐，寶玉漸漸厭棄襲人，有好幾處，而最清楚的是：

『寶玉笑道「你是頭一個出了名的至善至賢的人，……焉得有什麼該罰之處？只是芳官尚小，過於伶俐，未免倚强壓倒了人，惹人厭。四兒是我誤了他，還是那年我和你拌嘴的那日起，叫上來做細活的，衆人見我待他好，未免奪了地位，也是有的；故有今日。只是晴雯，也和你們一樣，從小在老太太房裏過來的，雖生得比人强，也沒什麼妨礙着誰的去處，就是他性情爽利，口角鋒錯；究竟也沒得罪那一個可是你說的——想是他過於生得好了，反被這個好帶累了！」說畢，復又哭起來。襲人細揣此話，直是寶玉有疑他之意，竟不好再勸，因歎道：「天知道罷了！此時也查不出人來了，白哭一會子也無益了！」』（第七十七回）

『孰料鳩鴆惡其高，鷹鷙翻遭罦罬；薋葹妒其臭，茝蘭竟被芟鋤。花原自怯，豈奈狂飆？柳本多愁，何禁驟雨？偶遭蠱蠆之讒，遂抱膏肓之疾……詠謠謑詬，出自屏帷；荆棘蓬榛，蔓延窗戶。既懷幽沈於不盡，復含罔屈於無窮。高標見嫉，閨闈恨比長沙；貞烈遭危，巾幗慘於雁塞……嗚呼！固鬼蜮之爲災，豈神靈之有妬？毀詖奴之口，討豈從寬？剖悍婦之心，忿猶未釋！……』（第七十八回，寶玉祭晴雯作的芙蓉女兒誄）

這兩節話是何等的感慨！對襲人這節話，簡直是字字挾風霜之勢，說得聲淚俱下，把襲人底假面具揭得不留絲毫餘地。所以襲人也無可再辨，只付之於「天」作爲遁詞。於此可見作者對於人情世故閱歷之深，何嘗眞是傻大爺？如襲人這種伎倆，又豈可以瞞過聰明絕頂的賈寶玉？我常常這麼想，厭惡世故的人，每是深知世故的；因爲深知了這無非變把戲，所以深惡而痛絕之。若茫然不知世故是什麼，早已目迷五色，被他誘惑了，如何再能發生厭惡的情緒？祭晴雯文中語，則簡直是聲罪致討的檄文了！

從上三項歸納起來，襲人底改嫁有兩個原因：(1)她底負心，因寶玉底貧窮。(2)寶玉厭惡襲人。但她底改嫁，是在寶玉出家之前，或在其後？（如假定寶玉終於出家）以我說，應在其前。因如高本所寫，寶玉失蹤以後，襲人再去改嫁，似不得謂之負心。（高氏是抱狹義貞操觀念的，所以在書末深貶斥她。一必寶玉落薄之後，未走以前，襲人即孑然遠去，另覓高枝，這才合淋漓盡致的文情！高氏所以不能如此寫，正因爲不寫寶玉貧窮之故；我們看後三十回本，一方寫寶玉貧窮，一方即寫襲人嫁在寶玉出走之先。這可以見這兩事底因果關係，是怎樣的密切。我們試想，寶玉若不貧窮，又不出走；襲人如何能改嫁蔣氏？

本書八十回後底事實，可以考見的，約在這四大項中包舉。以我底知識這般的不完備，而這文篇幅已逾萬言，這也可見我文字底蕪雜，須得請求讀者底原宥。我在本文開首已說過，在黑夜中去辨別路途，是件不可能的事。我强爲其難，這失敗也是當然的。我所以甘心冒這失敗底危險，只是因自從高本流行之後，世人每每誤認高鶚爲曹雪芹，實在是一種很深的遺憾。我想矯正這個錯誤，使紅樓夢底眞相得再顯於世，於是便不自揣自己底力薄，而竟來負荷這個重任。我總時時覺得紅樓夢一書底價値，很當得有人來做番洗刷底事業。我便是一個衝鋒者啊！

本論已將終了，却還有些零碎的洗刷工夫，現在也寫下來，作爲收場時的小鑼。第五回，紅樓夢曲，最後的一折，是飛鳥各投林，世人對於這折底解釋往往錯了，譬如汪原放君便因此故，所以把標點符號錯得很多。我把我底意見申說一番。現在先把原文錄下，卽依我底解釋作句讀。

『飛鳥各投林——爲官的，家業凋零；富貴的，金銀散盡；有恩的，死裏逃生；無情的，分明報應；欠命的，命已還；欠淚的，淚已盡；寃寃相報豈非輕；分離聚合皆前定；欲知命短問前生；老來富貴也眞僥倖；看破的，遁入空門；癡迷的，枉送了性命；好一似食盡鳥投林，落了片白茫茫大地眞乾淨！』

我說明之如下：（十年五月十三給頡剛的信。）

「十二釵曲末折是總結；但宜注意的，是每句分結一人，不是泛指，不可不知。除掉「好一似」以下兩讀是總結本折之詞，以外恰恰十二句分配十二釵。我姑且列一表給你看看，你頗以爲不謬否？（表之排列，依原文次序。）

(1)爲官的家業凋零——湘雲

(2)富貴的金銀散盡——寶釵

(3)有恩的死裏逃生——巧姐

(4)無情的分明報應——妙玉

(5)欠命的命已還——迎春

(6)欠淚的淚已盡——黛玉

(7)寃寃相報豈非輕——可卿
(8)分離聚合皆前定——探春
(9)欲知命短問前生——元春
(10)老來富貴也眞僥倖——李紈
(11)看破的遁入空門——惜春
(12)癡迷的枉送了性命——鳳姐。

這個分配似乎也還確當。不過我很失望，因爲我們很想知道寶釵和湘雲底結局，但這裏卻給了她們不關痛癢這兩句話，就算了事。但句句分指，文字卻如此流利，眞是不容易。我們平常讀的時候總當他是一氣呵成，那道這是「百衲天衣」啊！」

這雖非八十回後之事，但卻於十二釵底結局有關，所以列入本篇紅樓夢除此以外還有一節很重要的預示，便是甄士隱做的好了歌注。好了歌是泛指一般人的，而歌注卻專指賈氏一家之事。可惜現在我們不能把這個解析分明，有些是盲昧的揣想，有些連揣想底逕路也沒有，只覺得八十回後，對於此點，應有個關照而已。關照是什麼？我們當然是不知道。

「陋室空堂，當年笏滿床；衰草枯楊，曾爲歌舞場。蛛絲兒結滿雕梁，綠紗今又糊在蓬窗上。（寶玉之由富貴而貧賤）說甚麼脂正濃，粉正香，如何兩鬢又成霜？（寶玉之由盛年而衰老）昨日黃土隴頭堆白骨，今宵紅綃帳裏臥鴛鴦。（似指寶玉續娶之事，如高鶚寫黛玉死而寶釵嫁，舊時眞本寫寶釵死而湘雲繼）金滿箱，銀滿箱，轉眼乞丐人皆謗。（誰？舊時眞本以爲是湘雲。）正嘆他人命不長，那知自己歸來喪！（誰？什麼？）訓有方，保不定日後作强梁；（誰？高鶚大概以爲是薛蟠。）擇膏粱，誰承望流落在烟花巷。（我以爲是巧姐。）因嫌紗帽小，致使鎖枷扛；（誰什麼？）昨憐破襖寒，今嫌紫蟒長。（我以爲是賈蘭。）亂哄哄你才唱罷我登場，反認他鄉是故鄉。甚荒唐，到頭來都是爲他人作嫁衣裳！』

可疑的，可盲揣的，都在括弧中表現。我覺得這決不是泛指，在八十回都應有收梢。我覺得高鶚本中只照應了一小部分，以外便都抛撇了；因爲他也沒有懂得，正和我們一樣。我看了這個，覺得現在我們所可揣測的，即使全對了，至多只有二分之一。歌注中這些暗示，都是八十回後底主要文字，而我們竟完全不知，不但不知，有些連盲想都還沒有。這可見八十回後底光景，是怎樣的黑暗；而我們從微明中所照見的，是怎樣的稀少！因此，這文中所羅列的，是怎樣的不完備！

只考辨一部紅樓夢，可謂微細極了；但我已在這麼小的領域內帶了這麼多的失望歸來了。這可見失望是知識底伴侶，是千眞萬確的。但我以爲這個伴侶正足幫助人生底活動。失望便是不知足，不知足便去尋求，尋求所得的是失望，失望還是不知足。『吾生也有涯，而知也無涯。』我願爲莊子下一轉語：『因知底無涯，所以才能容受有涯的吾生啊！』

一二，六，二五。

【注一】第三十一回之目直到最近我受他人底啓示，方得到一個新解釋，雖然我也不知道是不是。現在姑且寫下，供讀者參考。依他說，此回係暗示賈母與張道士之隱事，事在前而不在後。所謂『白首雙星』即是指此兩老；所謂『因』，『伏』，『麒麟』即是說麒麟本是成對的，本都是史家之物，一個始終在史家後爲湘雲所佩，一個則由賈母送與張道士，後入寶玉手中。因此事不可明言，故曰『伏』。也此說頗新奇，觀之本書，亦似有其線索，試引如下：

『張道士……是當日榮國公的替身，……他又常往兩府裏去的，凡夫人小姐都是見的。』

『張道士……說着兩眼流下淚來。賈母聽了，也由不得滿臉淚痕。』

『賈母因看見有個赤金點翠的麒麟，便伸手拿起來笑道：「這件東西好像是我看見誰家的孩子也帶着一個的。」』

（以上均見第二十九回）

翠縷與湘雲論陰陽之後，湘雲瞧麒麟時，伸手擎在掌上，只默默不語，正自出神。（第三十一回）

湘雲見物默默出神，史太君與張道士說話下淚，這空氣似乎有些可怪，不像平常的敘述法。如依此說解釋第三十一回之目，則湘雲之結局，既不必嫁寶玉，亦不必關合金麒麟，大約是嫁後早卒，一面應合冊子曲子底暗示，一面不妨礙回目之文。于是我們兩人念念不忘的問題，『湘雲底結局總是個不終的夫婦，怎麼能說白首雙星？』簡直是不成問題了。

但這全是一面之詞，未爲定論。第一，既作者欲暗示一曖昧之事，則此目應移到第二十九回，不得在第三十一回上。第二，我們既認定此書是自傳，又似乎不得作如此描寫，更不得明白點破。故此說我亦不深信，姑存之備異聞而已。頡剛也說：『新解似乎有些附會，不敢一定贊成。』

二三，十二，九，記。

（十二）附錄

論秦可卿之死

十二釵底結局，八十回中都沒有寫到，已有上篇這樣的揣測。獨秦氏死於第十三回，尙在八十回之上半部，所以不能加入上篇中去說明。她底結局既被作者明白地寫出，似乎沒有再申說底必要。但本書寫秦氏之死，最爲隱曲，最可疑惑，須得細細解析一下方才明白；若沒有這層解析工夫，第十三至第十五這三回書便很不容易讀。因爲有這個需要，所以我把這題列爲專篇，作爲八十回後的紅樓夢一文底附錄。

這個題目，我曾和頡剛詳細討論過。現在把幾次來往的信札，擇有關係的錄出，使讀者一覽之後便可瞭然。問答本是議論文底一種體裁，我們既有很好的實際問答，便無須改頭換面，反增添許多麻煩。平常的論文總是平鋪實叙的，問答體是反覆追求的，最便於充分表現全部的意想。所以我寫這篇文的方法，雖然是躲懶，卻並非全無意義的躲懶。這是我懶人底一種辨解。

我對於秦可卿之死本有意見，平空卻想不起去作有系統的討論。恰好頡剛於十年六月二十四日來信，對於此事表示很深的疑惑。他說：

「晶報上紅樓佚話，說有人見書中的焙茗，據他說，秦可卿是與賈珍私通，被婢撞見，羞憤自縊死的。我當時以爲是想像的話，日前看册子，始知此說有因。册子上畫一座高樓，上有美人懸梁自盡，其判云「情天情海幻情身，……」歷來評者也都不能解說只說「第十一幅是秦氏，鴛鴦其替身也。」（護花主人評）又說「詞是秦氏，畫是鴛鴦，此幅不解其命意之所在。」（眉批）然鴛鴦自縊，是出於高鶚底續作。高鶚所以寫鴛鴦尋死時，秦氏作縊鬼狀領導上吊的緣故，正是要圓滿冊子上的一詩一畫。後來的人讀了高氏續作，便說此幅是二人拼合而成。其實冊子以「又副」屬婢，「副」屬妾，「正」屬小姐奶奶，是很明白的，鴛鴦決不會入正冊。（平案又副屬婢是確的；至於副屬妾卻不甚確，雖明文只見一香菱，但我疑心李紋，李綺，寶琴都應入此冊中。）若說可卿果是自縊的，罷原文中寫可卿的死狀，又最是明白。作者若要點明此事，何必把他的病症這等詳寫？這眞是一樁疑案。……這可卿冊子一案可難說了，因爲他的結果早在原文內寫出，無待補作者底增改還就了。我們若是學今文學家的辦法，凡逢到牴牾不安的地方，都說是劉歆僞託，倒也罷了，偏偏又覺得他過於武斷，不肯用一網打盡的法子。如之奈何？」

他這純懷疑的態度，卻大可以啓發我討論這問題的興趣。我在同月三十日復他一信上面說：

「從册子看，可卿確是自縊，毫無疑義。我最初看紅樓夢也中了批語底毒，相信是秦鴛二人合册，後來在歐遊途中，孟眞說，就是秦氏，何關鴛鴦。我才因此恍然大悟，自悔其謬。這段趣事想你尚不知道。高鶚所以寫鴛鴦縊死由秦氏引導的緣故，卽因爲他看原文太晦了，所以更明點一下，提醒讀者，知可卿確是弔死而非病死。卽因此可以知道蘭墅所見之本，亦是與我們所看一樣。

我們覺得疑暗的地方，高君也正如此。我現在可以斷定秦氏確是縊死。至於你底疑惑，我試試去解說：

(1)本書寫可卿之死，並不定是病死。她雖有病，但不必死於病。這是最宜注意。秦氏之死不由于病，有數据焉。

(A)死時在夜分且但從榮府中聞喪寫起，未有一筆明寫死者如何光景，如何死法可疑一。

(B)第十三回說：「彼時合家皆知，無不納悶，都有些疑心。」下夾註云「久病之人，後事已備，其死乃在意中，有何悶可納？又有何疑？一本作『都有些傷心，』非是。」此段夾注頗爲精當。「納悶」，「疑心，」皆是線索。現新本（亞東本）卻作「傷心。」我家本有一部金玉緣本的書，我記得是作「疑心，」今天要寫這信時，查那本時正作「疑心。」要曉得「有些疑心」正與「納悶」成文；若說「有些傷心，」不但文理不貫，且下文說「莫不悲號痛哭，」而此曰「有些傷心，」豈非驢脣不對馬嘴？此等文章豈復成爲文理？眞所謂「失之豪釐繆以千里。」

（C）第十回張先生說：「今年一冬是不相干的，過了春分便可望全愈了。」第十一回秦氏說：「好不好，春天就知道了。」則秦氏患的是癆症，一時決不致就死。而現在可卿之死卻在冬底，則非由病可知。（雖未明寫，然看鳳姐聞凶訊時底光景，確是冬天。）她底死本不奇，本無可以疑心納悶之處，所以使人如此者，乃因死得太驟耳。

（D）秦氏死後種種光景，皆可取作她自縊而死底旁證。

今姑略舉數事：

(1)「寶玉聽秦氏死，只覺心中似戳了一刀，不覺哇的一聲，直奔出一口血來。」若秦氏久病待死，寶玉應當漸漸傷心，決不致於急火攻心，驟然吐血。寶玉所以如此，正因秦氏暴死，驚哀疑三者兼之：驚因於驟死，哀緣於情重，疑則疑其死之故，或緣與己合而畢其命。故一則曰「心中似戳了一刀，」二則曰「哇的一聲，」三則曰「痛哭一番。」此等寫法，似隱而亦顯。（同回寫鳳姐聽到消息，嚇的一身冷汗，出了一回神，亦是一種暗寫法。）

(2)寫賈珍之哀毀逾恆，如喪考妣，又寫賈珍備辦喪禮之隆重奢華，皆是冷筆峭筆側筆，非同他小說喜鋪排熱鬧比也。賈珍如此，寶玉如此，秦氏之爲人可知，而其致死之因與其死法亦可知。（有人說，紅樓夢寫那時的賈珍簡直是個杖期夫。此言亦頗有趣。）

(3)秦氏死時，尤氏正犯胃痛舊症睡在床上，是一線索。似可卿未死之前或方死之後，賈珍與尤氏必有口角勃谿之事。且前數回寫尤氏甚愛可卿，而此回可卿死後獨無一筆寫尤氏之悲傷，專描摹賈珍一人，則其間必有秘事焉，特故意隱而不發，使吾人納悶耳。

(4)我從你來信引紅樓佚話底說話，在本書尋着一個大線索，而愈了然於秦氏決不得其死。第十三回（前所引的話都見於此回）有一段最奇怪而又不通的文章，我平常看來看去，不知命意所在，只覺其可怪可笑而已。到今天才恍然有悟。今全引如下：

「忽又聽見秦氏之丫環名喚瑞珠的，見秦氏死了，也觸柱而亡。此事可罕，合族都稱歎。（夾注云，稱歎絕倒。）賈珍遂以孫女之禮殯殮之，一並停靈於會芳園之登仙閣。又有小丫環名寶珠的，因秦氏無出，願為義女，……賈珍甚喜，……從此皆呼寶珠為小姐。」

這段文字怪便怪到極處，不通也不通到極處；但現在考較去，實是細密深刻到極處。從前人說春秋是斷爛朝報，因爲不知春秋筆削之故。紅樓夢若一眼看去，何嘗有些地方不是斷而且爛。所以紅樓夢底叙事法，亦爲讀是書之鎖鑰，特憑空懸揣，頗難得其條貫耳。

紅樓佚話上說「秦可卿與賈珍私通，被婢撞見，羞憤自縊死的。」此話甚確。何以確？由本書證之。所謂婢者，卽是寶珠和瑞珠兩個人。瑞珠之死想因是闖了大禍，恐不得了，故觸柱而死。且原文云「也觸柱而亡，」似上文若有人曾觸柱而亡者然，此眞怪事。其實懸梁觸柱皆不得其死，故曰「也」。也寶珠似亦是闖禍之人，特她沒死，故願爲可卿義女，以明其心迹，以取媚求容於賈珍；珍本懷鬼胎，懼其洩言而露醜，故因而奬許之，使人呼之曰小姐云爾。且下文凡寫寶珠之事莫不與此相通。第十四囘說，「寶珠自行未嫁女之禮，引喪駕靈，十分哀苦。」第十五囘說，「寶珠執意不肯囘家，賈珍只得另派婦女相伴。」按上文絕無寶珠與秦氏，主僕如何相得，何以可卿死而寶珠十分哀苦？可怪也。賈氏名門大族，卽秦氏無出，何可以婢爲義女？寶珠何得而請之；賈珍又何愛於此，何樂於此，而遽行許之？勉强許之已不通，乃曰「甚喜，」何喜之有？可怪也。秦氏停靈於寺，卽令寶珠爲其親女，亦卒哭而反爲已足，何以執意不肯囘家？觀賈珍許其留寺，則知寶珠不肯囘家，乃自明其不洩，希賈珍之優容也。秦氏二婢，一死一去，而中冓之羞於是得掩。我以前頗怪寶珠留寺之後杳無結果，似爲費筆。不知其事在上文，不在下文。寶珠留寺不返，而秦氏致死之因已定，再行寫去，直詞費耳。

(2)依弟愚見，從各方面推較，可卿是自縊無疑。現尚有一問題待決，卽何以用筆如是隱微幽曲？此頗難說，姑綜觀前後以說明之。

可卿之在十二釵，占重要之位置；故首以釵黛而終之以可卿。第五回太虛幻境中之可卿，「鮮豔嫵媚有似乎寶釵，風流嬝娜則又如黛玉，」則可卿直兼二人之長矣，故乳名「兼美。」寶玉之意中人是黛，而其配爲釵，至可卿則兼之；

故曰「許配與汝，」「卽可成姻，」「未免有兒女之事，」「柔情繾綣，軟語温存，與可卿難解難分。」此等寫法，明爲釵黛作一合影。

但雖如此，秦氏實賈蓉之妻而寶玉之姪媳婦；若依事直寫，不太蕪穢筆墨乎？且此書所寫既係作者家事，尤不能無所諱隱故既託之以夢，使若虛設然；又在第六囘題曰「賈寶玉初試雲雨情，」以掩其跡。其實當日已是再試。初者何？諱詞也故護花主人評曰：「秦氏房中是寶玉初試雲雨，與襲人偸試卻是重演，讀者勿被瞞過。」

既寶玉與秦氏之事須如此暗寫，推之賈珍可卿事亦然。若明寫縊死，自不得不寫其因；寫其因，不得不暴其醜。而此則非作者所願。但完全改易事跡致失其眞，亦非作者之意。故處處旁敲側擊以明之，使作者雖不明言而讀者於言外得求其言外微音。全書最明白之處則在册子中畫出可卿自縊，以後影影綽綽之處，得此關鍵無不畢解。吾兄致疑於其病，不知秦氏係暴卒，而癆病無驟死之法。細寫病情，正以明秦氏之非由病死。況以下線索尙歷歷可尋乎？

從這裏我因此推想高鶚所見之本和現在我們所見的是差不多。他從册子上曉得秦氏自縊，但他亦頗以爲書中寫秦氏之死太晦了，所以在鴛鴦死時重提可卿，使作引導。可卿並不得與鴛鴦合傳，而可卿縊死則以鴛鴦之死而更顯。我們現在很信可卿是縊死，亦未始不是以前不分別讀紅樓夢時，由鴛鴦之死推出的蘭墅於此點顯明雪芹之意，亦頗有功。特苟細細讀去，不藉續書亦正可了了。為我輩中人以下說法，則高作頗有用處。

第十三，十四，十五三回書，最多怪筆，我以前很讀不通，現在卻豁然了。我所致謝的有三個人：第一個是高鶚，第二個是孟眞，第三是你了。因為你若不把紅樓佚話告訴我，寶珠和瑞珠底事一時決想不起，而這個問題總沒有完全解決。」

從這信底一節裏，我總算約略把頡剛底策問對上了。秦氏是怎樣死的？大體上已無問題了。但頡剛於七月二十日來信中，說他檢商務本的石頭記第十三回，也作『都有些傷心』——這又把我底依據稍搖動了一點，雖然結論還沒有推翻。他在那信中另有一節復我的話，現在也引在下邊。

『我上次告你晶報的話，只是括個大略，你就因我的「被婢撞見」一言，推測這婢是瑞珠寶珠。原來紅樓佚話上正是說這兩個。他的全文是：

「又有人謂秦可卿之死，實以與賈珍私通，爲二婢窺破，故羞憤自縊。書中言可卿死後，一婢殉之，一婢披麻作孝女，卽此二婢也。又言鴛鴦死時見可卿作縊鬼狀，亦其一證。」

這明明是你一篇文章的縮影。但他們所以沒有好成績的緣故：(1)雖有見到，不肯研究下去，更不能詳細發表出來。(2)他們的說話總帶些神秘的性質，不肯實說他是由書上研究得來的，必得說那時事實是如此。此節上數語更說，「濮君某言其祖少時居京師，曾親見書中所謂焙茗者，時年已八十許，白髮滿頰，與人談舊日興廢事，猶泣下如雨。」其實他們倘使眞遇到了焙茗，豈有不深知曹家事實之理，而百餘年來竟沒有人痛痛快快說這書是曹雪芹底自傳，可見一班讀紅樓夢的與做批評的人竟全不知曹家底情狀。」

他把前人這類裝腔扭勢的習氣，指斥得痛快淋漓，我自然極表同意。但『疑心』『傷心』這個問題，還是懸着。我在七月二十三日復書上，曾表示我底態度。

「你說我論證可卿之死確極，最初我也頗自信。現在有一點證據并且還是極重要的既有搖動，則非再加一番考查方成鐵案。就是究竟是「疑心」或是「傷心」的問題。我依文理文情推測當然是「疑心，」但僅僅憑藉這一點主觀的意想，根據是很薄弱的。我們必須在版本上有憑據方可。我這部金玉緣本確是作「疑心」的，并且下邊還有夾評說，「一本作傷心非，」則似乎決非印錯，但我所以懷疑不決，因爲我這部書並非金玉緣底原本，是用石印翻刻的，印得卻很精致，至於我們依賴着他有危險沒有，我卻不敢擔保。我查有正抄本也是作「傷心，」這雖也不足證明誰是誰非，因爲鈔本錯而刻本是的，最爲常事，抄寫是最容易有誤的；但這至少已使我們懷疑了。我這部石印書如竟成了孤本，這個證據便很薄弱可疑了。雖不足推翻可卿縊死的斷案，但卻少了一個有力底證據。我們最要緊的，是不雜偏見，細細估量那些立論底證據。……總之，主觀上的我見是深信原本應作「疑心，」兩字，但在沒有找着一部舊本紅樓夢做我那書底傍證以前，那我就願意把這證據取消，或暫時闕疑。我們在上下前後，已可斷定可卿是縊死，何必拉上一個可疑的證據呢？我想如能覓着一部原刻金玉緣本看一下，這問題就可以算解決了。』

可惜得很，我所表示的期望竟沒有達到，石印金玉緣底原本頗不易覓；所以這點疑問，以現在論，還終于疑問。以我揣想，或者刻本流傳，都是作『傷心』的；而『疑心』爲後人校書時所改，也說不定。但這一處底校改，卻頗有些道理，不是胡鬧，或者竟反而有當于作者底原意。我近日覓得一有夾評的舊刻本也是作『傷心，』想胡先生所藏的程刻本也是一樣的。惟有正書局印行的戚本作『無不納歎，都有些傷心，』卻實在不見高明。納悶是我們常說的話，納歎卻頗生硬。我不能憑依戚本，正和不能憑依石印本金玉緣是一樣的。

雖細微之處還有研究底餘地，但秦可卿底結局是自縊而死，卻斷斷乎無可懷疑了！

一二，六，二十一。

紅樓夢辨卷下

（十二）

後三十回的紅樓夢

現行的紅樓夢有兩種本子：一種是一百二十回本，內有高鶚續作的四十回，我們叫他『高本』；一種八十回的鈔本，是有正書局印行的，有戚蓼生底序，我們叫他『戚本』。這兩本比較起來，各有短長，這兒不能詳說。

凡續書有兩種：（甲）從原本八十回續下的，如高本便是我在這裏所介紹的佚本也是。（乙）從高本百二十回續下的，這便是那些濫惡不堪的作品，不足當我們底敘述。我們承認原本只有八十回，故這種雖面貌價值有些不同，却都是續書。我在這文裏要考定一種散佚的甲類續書，我認他是部最早且較好的續書。

我在一星期以前，原想不到可以做這件事的，因爲並沒有搜羅着什麼『原本』『秘本』的紅樓夢。我前幾天偶然披閱戚本，想去參較他和高本底得失所在，不想却無意中發見有這一種『佚本』。這眞是我底一種意外的喜悅，所以卽時寫定這一節短文，正如高鶚補書序上所說：『欣然題名，聊以志成書之幸。』

八十回的紅樓夢在未刊行以前，經輾轉傳鈔，本子極多，現在存的只有『戚本』。戚蓼生是浙江人，（紅樓夢序上作德清，進士題名錄亦作德清，戚氏家譜作餘姚。）清乾隆三十四年己丑進士，（一七六九）比高鶚底科名早了二十六年，距高本告成，早了二十三年。卽使他作紅樓夢序在中進士以後，也必早於高鶚補書底時候。看序上說：『乃或者以未窺全豹爲恨，……』可見當時百二十回本決還沒有通行，他所看見的只有這八十回。戚本底評和注，不知是誰做的？（第四十一回末詩評署立松軒。）也不知是否一人做的？看他們（？）說話相呼應，卽不是一人，也必是同時人。他們（？）底年代，也決不晚於高鶚。（這點下面詳說。）至於戚本底價值如何，既有專篇詳論，這兒不關本題。

我怎樣可以斷定在高本以外，另有這樣的佚本呢？這個證據在戚本底評註裏。評書人在八十回書以外，胸中另有一個『後數十回，』故每每徵引。因爲如此，現在的我們方能窺見佚本底大概。評註原未必佳，且謬語極多；但有此一用，自有可保存底價值。

在欣幸之中，有幾點是很可惋惜的。(1)作評作注的人沒有姓名年代。

⑵作佚本的人，也沒有姓名年代。⑶在八十回中只一小半有評注，四十回後絕沒有夾注，卽四十回內也有許多回無注的。因此我們不能充分考見佚本底面目。

但是，佚本旣爲評書人所稱引，當然爲他所及見，自應較早於評書人底年代卽不然，至少也是同時的。（看他底口氣，不像是徵引同時人底著作。）我們若能够知道評書人底年代，也就能約略推算出佚本底年代了。我揣想，評註戚本的人，他底行輩應當較前於高鶚。這有下列的各證：

⑴高本刊行於乾隆五十六年，如評書人生在其後，或和高鶚同時，必然見及。他既見了，必不會一字不提的，卽使非議也必然有非議的話。但現在的評注裏，對于高本，卻連一句一字都沒有提到。

(2)在戚本第十八回，(以下只言某回，不說某本都指戚本。)齡官做戲節下注『余歷梨園子弟廣矣，……亦曾與慣養梨園諸世家兄弟談議及此，……今閱石頭記……與余三十年前目覩身親之人現形於紙上；便言石頭記之爲書，情之至極，言之至確，然非領略過乃事，迷陷過乃情，卽觀此茫然嚼蠟，亦不知其神妙也。』在這節文中，有兩點可以推求評書人底年代：(甲)看他似乎也生在富貴的環境中，當清乾隆中年，物力殷富之時。譬如家蓄伶人這類風尙，知道不是晚清底事情。(乙)他說『今閱石頭記……與余三十年前……』似乎在評書三十年前，他沒有讀過這書，到現今方才得讀的。如那時高本已刻成，或紅樓夢已膾炙人口，他怎麼會說這樣話呢？我們試去解釋，何以這位先生到了三十年後，方才得讀紅樓夢？這必有兩個緣故：或者是在三十年前，連紅樓夢鈔本也是沒有的；若這樣，評書人應和雪芹並世而行輩稍晚。再不然，便是因那時鈔本流傳未廣，不易得讀，所以遲到三十年以後。但這說恐未確：一則因紅樓夢傳鈔以後，即便風行一時，不會三十年後方才得讀的；二則高本告成，上距雪芹成書，不過三十多年，至多四十年。評書人生在高前，再上推三十年，當然不會有鈔本流傳。至于評書時，依我底大略推測，總在鈔本已盛行，而刻本還沒有告成的時候，在一七七二——一七九二之間（乾隆三七——五七）。他所說的三十年前，紅樓夢或者方才脫稿，或者還沒有。總之，我們不能不承認，這是很早的紅樓夢評註。

⑶看他底思想並不見十分高明，但他却頗有紅樓夢是部作者自傳這個觀念，是正當解釋底開山祖師。他怎樣會有這樣的見解呢？這實在因他上距作者不遠，能了解當年底環境空氣，且叙述底踪跡處處可以考證，謬說無從發生。到後來年代越久，流傳越廣，遮上的面冪越厚，眞相越湮沒；然後才有荒唐可笑的「紅學家」。且看他說：（略引數則作例）

『八字便是作者一生慚恨。』（第一回，『無材補天，幻形入世』下注。）

『蓋作者自云，所歷不過紅樓一夢耳。』『非作者爲誰？余曰，「亦非作者，乃石頭也。」』（均第五回，注。）

『此回鋪排，非身經歷，……則必有所滯罣牽强，豈能如此觸處成趣？』（第十八回，總評。）

『作者一生爲此所悞，批者一生亦爲此所悞。』（第二十一回，注。）

他不但知道寶玉是作者自寓，且很能了解作者底生平，性情；這也可見他兩人相去不遠，大約是可以及見而沒有見過的。（以我想，雪芹卒時，正當評書人底青年。）

評書人底年代大概曉得了；佚本底年代必更早于評書之時，所以定比高本要早得多，總在一七六五——一七八八之間，（清乾隆三〇——五三）是部很早的續書。但我們爲什麼能斷定他是部續書，不是原本呢？(1)如係原本，戚本決不會只鈔了八十回，而且戚蓼生也決不會說什麼『未窺全豹。』(2)如係原本，程偉元，高鶚決不至于一筆抹殺，說些從鼓擔上得來的鬼話，做那種『畫蛇添足，』『狗尾續貂』的蠢事情。所以我敢斷定如此。

但這書並不以續作而損他底價值。作者距雪芹極近，或和他同時，所以很容易從各方面窺測雪芹底意思。他所補的，雖未必處處和原意相符，也總是『不離其宗，』要比我們在百餘年之後，妄自猜測，事半功倍了。這使我們不得不推重這書，覺得有做一篇遺文考底必要。

就我底眼光看，佚本似勝於高本，只因他沒有付刋，以致湮沒不彰，讓高本獨步。內容底比較，在下邊詳說。現在只舉一點便可以曉得他底謹愼，非高鶚所及。他底續作大約是單行的，不和八十回混在一起。所以戚本始終只有八十回，並沒有八十回以後的書。不然，評書人明明及見這書，爲什麼不鈔在一起，像高鶚把四十加八十，成百二十回本呢？他不肯把續作和原書混合，正是審愼之至。這種態度便是佚本底聲價底保證。我這一文，原題爲百十回本的紅樓夢，後來因爲覺得不大妥當，才改用今名。

以上所說都是引論，現在漸入正文了。這個佚本原題什麼名字，我一點不曉得。戚本中評注所引，只稱『後三十回』『後數十回』；我也只得沿用了，題爲後三十回的紅樓夢。但這回目是否三十，確也有些可疑，我不得不略說一說。我說他是三十回，且用來作標題，因爲有明文爲證：

『按此回之文固妙，然未見後之三十回，猶不見此之妙』（第二十一回眉評。）

這是第二十一回底評，從二十一算到八十，有六十回書，决不得說三十。可見這三十，是指八十回後的三十回，不在八十回以內的。（而且下邊所說情事，亦不見於八十回內，更可爲證。）但有人說：『他雖說三十，未必只有三十回』。我想來這也不對。譬如不作續書，只有三十回解釋，只有兩種可能的說法：(1)後邊有三十回書專講這一件事的，這就文章論，萬沒有這種情理。(2)三十回作第三十回解，但增字解釋，似不甚妥。三十回怎能任意解爲第三十回呢？況且還有一證：

『以百回之大文……』——（第二回評。）

原本只八十回，不得說百回；這裏說百回，正是連後三十回算。八十加三十應得一百十，所謂百回，是舉成數言之。以這兩證，我武斷有三十回的續書。

但在另一方面着想，依然可以懷疑，使我自己不能相信上節所得的結論。在評注中除這兩條明指數目外，言後數十回的，屢見而不一見，這實在很可疑。他既說數十回，似乎又不止三十。且依文情看，要補完這書，三十回那裏够？我平常時談論高本，總嫌他大迫促，收尾時簡直像記帳目。若佚本只有三十回，豈不是分外急促了？且從評語中看他底結構，似比高作爲寬廣，這尤非區區三十囘所能了事。如這書敍述賈氏凋零，寶玉窮苦，終於出家，似轉折極多，何以三十囘便能寫畢？或者雖囘目只有三十，而每囘篇幅極長，也未可知。但這總無非是些懸揣，無當於事實。這是我底一個疑問，希望讀者能幫我解決他。

這佚本底年代，書名，囘目，可考見的止於此；這雖使我十二分不滿意，但現在卻沒有什麼法子可想，所謂『文獻不足，』連孔二先生也只有歎氣而已。我現在要說到本篇較重要的一部分，就是考定佚本底囘目。自然是一樣的，可憐得很，但姑且讓我作一簡短殘缺的敍述罷。這或者可以引起讀者們底興趣而努力去訪求原書；如這個妄想一旦實現，那麼，這文自然可燒，我也無所惋惜。但是，恐怕這文沒有被燒底機緣，除非在萬一如此的光景下面。

言歸正傳，這佚本僅爲評注戚本的人所說及，以外不見有他人徵引（或者是有的而苦於我不知；）所以我底取材極爲單簡，不過費一番搜求，纂述底工夫罷了。況且戚本我本不熟，匆匆的閱了一兩遍，自難免有遺漏的地方。我自己也知道這文底無價值，只是覺得佚本埋沒了百餘年，很當得有人爲他做一篇詳細的考證。我雖是才短，但戚本行世（有正書局出版）十年之後，還沒有人提到這本底存在，價値這使我被迫着去寫定這篇文字。

從評注裏得來的材料，都是些零零碎碎不成片段的；我們不得不從零亂中尋出一個頭緒來。我總希望讀者讀後三十回底影子便跳出來，故試把書中底人物來做經緯，讀者就可以知道佚本和高本底優劣同異所在。

我們先看他敘述賈家底結局是怎樣的？

『此等人家……總因子弟不肖，招接匪人，一朝生事則百計營求，父爲子隱，羣小迎合；雖暫時不罹禍網，而從此放膽，必破家滅族，不已，哀哉！』（第四回，注。）

『此其人（探春）不遠去，將來事敗，諸子孫不致流散也。』（第二十二回，注。）

第四回注所指此等人家，當然是賈史王薛等族。他說『破家滅族，』在前八十回內，後四十回內都沒有，何所見而云然？可見這是後三十回裏底事情。第二十二回註亦說『子孫流散，』和上說相合。這可見評書人所見的佚本，其中敘述賈氏衰落底狀況，必極其淋漓盡致，不和高鶚所謂『沐天恩，』『延世澤』相同。比較起來，他要比高鶚強得多，就是說，這樣補作深合于作者底原意怎樣見得呢？我姑且隨意舉幾條八十回中底原文爲證，便可以在這一點上分兩本底優劣。

『警幻說：「……奈運終數盡，不可挽回。」（第五回）

『賈妃點的第一齣戲是一捧雪中底豪宴（第十八回）

『賈珍道「第三本是南柯夢」賈母聽了，便不言語（第二十九回）

『探春道：「……你們別忙，自然連你們抄的日子有呢？你們今日早起，不曾議論甄家，自己家裏好好的，抄家果然眞抄了，偺們也漸漸的來了。可知道這樣大族人家，若從外頭殺來，一時是殺不死的，……必須先從家裏自殺自滅起來，纔能一敗塗地呢！」』（第七十四回）

高鶚敍賈氏抄家本此。這原不算錯。但他卻不該重新說囘來，讓他們去『沐天恩』『延世澤』。第五囘說『運終數盡』我們應當注意這『終』『盡』兩字，第十八囘點豪宴，是以嚴東樓之敗比況賈氏之將來。第二十九囘說南柯夢，這劇中底結果是『充軍烟瘴，』『斬首雲陽，』不曾有復興的事情。第七十四囘說，『自殺自滅，』『一敗塗地，』可見沒有恢復祖業底希望了。這都是作者原意所在，高鶚卻未曾見到。佚本底詳細內容究竟是如何的，我也不敢妄說，只看評注裏所說的，處處和原本相映射，可見佚本是部較近眞的續書了。

評注裏又說後數十囘內，寶玉貧寒不堪，這是佚本最優越之點，決非高本所能及。我們試看作者晚年流落窮途，證一；八十囘內說『一事無成，半生潦倒，』『蓬牖茅椽，繩牀瓦竈，』『貧窮難耐淒涼，』等等，證二。我們看：

『以此一句，留與下部後數十回，「寒冬噎酸虀，雪夜圍破毡。」等處對看。』（第十九回，『襲人見總無可喫之物』句下注。）

高本寫寶玉爲僧，是從堂堂榮國府內出走的，何嘗有什麼『酸虀』『破毡』呢？可見這是佚本底一最大特色了。佚本所補，最愜我意。我在沒有知有這本以前，曾和頡剛討論，以爲從各方面參證，寶玉應如此下場的；那裏知道，百餘年前竟有這麼的一種本子，所抱的意見完全和我相同，這眞是可欣喜的事。

至於說這樣寫法，較高本好些，這是我個人底偏見，不是定論。譬如頡剛，他雖承認作者原意是要使寶玉落入窮途，可是他在另一方面，又替高鶚作辨護士。他說：

『寫寶玉貧窮方面太盡致，也蹈了俗濫小說的模樣，似乎寫了正面必得寫反面似的。寶玉怎樣的貧窮，原文中絕少說及，也不容易補作。……否則高氏這般留心，不致連極重要的寶玉一贊也忘記。』（十，六，十，來信。）

這是贊成高本最有力的論辨。因爲佚本無存，所以我們也不能分別究竟孰優孰劣，只可付之不論。惟頡剛以爲高鶚不致於忘記寶玉贊，這也是沒有憑據的。

佚本寫寶玉，不但窮苦，且終於做和尙。

『然寶玉有情極之毒，亦世人莫忍爲者，看至後半部，則洞明矣。……故後文方有懸崖撒手一回。……豈能棄而爲僧哉！』

（第二十一回，注。）

這便是佚本寫寶玉做和尚的鐵證。他爲什麼要如此註上說是『情極之毒，』但這是什麼依然使人迷惑。至于他怎樣出家，佚本也不可深考，雖注中引有一句，卻也在可解不可解之間。

『伏甄寶玉送玉。』（第十八回仙緣戲目下注。）

仙緣是南柯夢劇中最後的一齣，說的是盧生隨『八仙』而去，正是寶玉出家底影子。但是說甄寶玉送玉，這很奇怪，究竟是怎麼一回事，也沒有人能知道。以我揣想，大概和高本是差不多的，（高本第一百十五回，和尚來送通靈玉。）不過把和尚換了個甄寶玉罷了。這個揣想是不是呢？我不敢知。如果是的，那麼在這一點上兩本便是『魯衛之政』了。

評中還有一節，我疑心也和寶玉出家有關連的。第二十回，『賢襲人嬌嗔箴寶玉，』總評上說「此回「嬌嗔箴寶玉」……後回「薛寶釵借詞含諷諫」……今只從二婢說起，後文乃直指其主。然今日之襲人之寶玉，亦他日之襲人，他日之寶玉也。……何今日之玉猶可箴，他日之玉已不可箴耶？……』他既前後對提，可見寶釵所諷諫的亦是寶玉。諷諫些什麼，已無可考；但總是和襲人所說過的相彷彿，叫他留心『經濟』『孔孟』之道，不要罵人家『祿蠹』等等鬼話。這兒說不可箴，可見那時的寶玉，已不復肯降心相從，委婉敷衍，大有決撒之兆了。試想第二十一回時，寶玉又何嘗眞肯受人箴規；今日之可箴不過如此，其所謂他日之不可箴可知。我想，寶玉在那時候，已有撒手之意，所以寶釵婉施諷諫，他卻不聽，於是終于懸崖撒手。這是寶玉爲僧以前的一件公案，現在還可以約略考知。

除掉敘賈家及寶玉外，全書底主幹便是十二釵。佚本在這些地方的叙述和高本，我們所揣想的，都差不甚遠；這因爲在第五回內，有册子曲子，斷定她們底終身，拘束着底緣故。但細微之歧點卻是很多的。現在可考見的佚本叙十二釵底事也不完全得很粗略。說來，稍有些異同的，是黛玉寶釵，湘雲，鳳姐，探春，惜春這六個人。以外所寫的諸人，或者是評注沒有提到，或者是和高本看不出什麼差別，現在只好從略不說。又副册底人物，說到的只有兩人。（襲人，麝月）副册中人沒有說到的。叙香菱事能否改正高鶚底大錯也不可知；只是從戚本第八十回之目，『姣怯香菱病入膏肓』看去，似乎佚本不致於和高鶚犯同一的毛病。

她們底結局，令人最無可懷疑的，是寶釵，黛玉。而黛玉尤無問題。大凡稍有常識的人，都相信她倆底姻緣不會團圓的。果然團圓了，豈不是紅樓夢可以不作？這話原不必多說。寶釵底結局，（嫁寶玉守寡）從別一方面想，或稍有些可疑；（我在第十章中詳及。）若從大體上看，金玉姻緣總是先團圓而後離散的。這類證據在八十囘中多極了，不在這篇舉引，想讀者自然隨處可以找得。因爲如此，佚本在這些地方，也沒有什麽特色，大致和高本相同。（黛死，釵寡）惟在佚本裏，釵黛兩人各有一段佚事，爲高本所不載。這其間並不發生顯著的優劣問題，只是在佚本中有這兩事，我們應當知道。

先說黛玉，在第一囘中有還淚之說，是寶黛底一段大因緣；想其情理，到她臨死時，淚債還盡了，應當有一個照應。評注上說：

『以及寶玉軋玉顰兒之淚枯……』（第二十一囘，注）

『……將來淚盡夭亡，已化烏有。』（第二十二囘，注。）

一說淚枯，再說淚盡，且和寶玉軋玉作對文，可見黛玉淚盡，在這本上或另有一段主要文字，不僅如高鶚在第九十七回以『一點淚也沒有了』一語了之。

再說寶釵，她諷諫寶玉，在佚本另有一回書，前論寶玉出家時已詳及了。高本寫她嫁後，和寶玉感情似尚好，佚本亦然，所以有談舊這一節文字，但這在高本上卻沒有的。高本寫她嫁後，和寶玉談話有好幾節，卻並沒有一節是話舊的。就情理論，這也是題中應有之義。釵玉兩人係從小相識，成婚之後，豈能對於舊事一字不提？大觀園諸人風流雲散，寶釵和寶玉談話時，何得毫無感念？佚本寫出這一點，好像也不壞。評書人說：

『……杜絕後文成其夫婦時，無可談舊之情。』（第二十回，注。）

紅樓夢中十二釵，釵黛以外便推湘雲。湘雲底結果如何，最是聚訟紛紜，到現在還沒有定論。佚本寫湘雲是早卒，是守寡，是偕老，不得而知。故對于『雲散水涸』和『白首雙星』底衝突點上，依然是懸而不斷。但卻有極重要的兩點發見：⑴說明『因』『伏』底意義。⑵證明第三十一回目底沒有經過改竄。湘雲底結局見於評注裏最明白的只有兩條：

『金玉姻緣已定，又寫一金麒麟，是間色法也。』（第三十一回眉評。）

『後數十回，若蘭在射圃所佩之麒麟，正此麒麟也。提綱伏於此回中，所謂草蛇灰線在千里之外。』（第三十一回總評）

從第一條，我們知道佚本底作者讀這段文字只當他是文章底間色法，並沒有寶湘成婚之說。從第二條，知道在佚本上湘雲夫名若蘭，也有個金麒麟，或即是寶玉所失，湘雲拾得的那個麒麟，在射圃裏佩着。這裏邊前因後果究竟是怎樣的，我們卻不知道。我揣想起來，似乎寶玉底麒麟，不知怎樣會輾轉到了若蘭底手中，仿彿蔣琪官底汗巾，到了襲人底腰間一樣。所以回目上說『因』『伏，』評語說，『草蛇灰線千里之外。』不然，如寶湘因麒麟而配合，這是很明且顯的，說『因』則可，似乎用不着『伏』字。『因麒麟伏白首雙星，』作這樣解，以我看來甚妥。一則因什麼，伏什麼有了着落；二則不必推翻金玉姻緣；三則衝突已少了一層，不必一定假設回目底經人改易。這雖不見得定有合於作者底原意，但總是較滿意的解釋。

回目經人改易這個判斷，從這裏看去，是無根據的。頡剛底假設當然不能成立。（詳見八十回後的紅樓夢）我在前邊已證明，評書人，佚本補書人，都上距作者年代至近，或者說不定是同時人。他們都只依文直解，一點沒有疑心到這回目底不可靠，可見卽在高鶚以前的人，也不知道有這麼一回事。我們試想，統共不過一二十年內的事，何至原書回目底改竄，連蹤影都不知？況且，第三十一回之目和曲子册子，有明著的衝突。他們在補書，評書的時候，豈有不稍加懷疑之理？豈有不去尋求原本之理？卽使原本沒有了，也不見得連較近眞的初鈔本都沒有？在那時候，總不會『書缺簡脫，』和我們處在同一的境遇。

至於湘雲嫁後底光景如何，佚本原無可考。雖評書人說：『湘雲爲自愛所悞，』（第二十二回注。）也不知應作何解釋？惟旣曰『自悞，』總不像結『白首雙星』的。十二釵都是一例的薄命，以佚本作者這般精細，决不會夢然不知。以我推度，佚本寫湘雲也無非『早卒』『守寡』這類結局。但這些不幸是自然發生的，非人力所能爲，何以評書人說『自愛所悞？』

這依然是終於不可解。回目和曲子，册子底衝突，也依然虛懸着。

高本叙鳳姐底結局最劣，用她臨命時所說『到金陵歸入册子去』（第一百十四囘，高本）來應册詞所謂『哭向金陵事更哀』簡直是有些不像話。且和上句『一從二令三人木，』了無關照。想他也是猜不破這啞謎，所以就只得這樣媽媽糊糊的算數了。我們原不以此責備他底才短，但他所補的，決無當於作者底原意，這也是不可諱的事實。佚本叙鳳姐事可考見的，有這幾條：

『拆字法。』（第五囘，『一從二令三人木』下注。）

『囘首時，無怪乎其慘痛之態。』（第十六囘，注）

『後囘……「王熙鳳知命强英雄」……但此日阿鳳英氣何如是也！他日之身微運蹇，亦何如是耶！人世之變遷，倏爾如此。』

『今日寫平兒，後文寫阿鳳。文是一樣情理，景況光陰，事卻天壤矣！多少眼淚，洒與此兩回書中。』（兩節，第二十一回，眉評。）

『設使平兒收了，再不致泄漏，故仍用賈璉搶回，後文遺失，方能穿插過脈也。』（第二十一回，注。）

『這便是鳳姐掃雪拾玉之處。』（第二十三回，注。）

除最末一條，前後不接，無從懸揣外；其餘幾節可推度而知的，也不和高本相合。他所說拆字法，我們完全不懂怎樣的拆法？想佚本必然照顧這一句，可以用拆字法解釋，否則評書人何得『自充內行，』『瞎造謠言』呢？照他所謂『身微運蹇，』『事卻天壤，』『回首慘痛』等語，似乎佚本寫鳳姐結局十分悲慘，決不如高鶚所寫，胡言亂語，一病而亡，這樣的簡陋可笑。果眞像高鶚底描寫法，何必洒多少眼淚呢？第二十一回注說，賈璉後來有失髮這件事，因而引起風波，高本沒有這文。想後來必因此大鬧，賈璉對於鳳姐十分酷虐，所以評書人有『人世變遷』『事却天壤矣，』這類感嘆。璉鳳夫婦，將來必至於決裂，這在八十回中也有暗示。最明顯的是第六十九回賈璉明說爲尤二姐報仇。以我們想，尤二姐爲賈璉所愛，一旦被逼呑金而死，萬不會連一點反動都不發生的。況且作者寫鳳姐謀害尤二姐，可謂很毒之至，故意留作後文底地步。所以我揣想鳳姐後來，是被休棄返金陵的。（說魂返金陵，太不成話；且明言『哭向金陵，』魂哭不哭，何從知道？）頡剛也以爲『似是。』（十，十六，十四信）至於佚本是否作這樣敘述，原也不敢妄斷。

佚本敘探春惜春底結局，也和高本小有出入。上在論賈氏這節文中引第二十二回注，很像探春遠嫁，和賈氏家運頗有關係的；這和高本些微不同。同回惜春謎下注，（高本沒有這謎）『公府千金至緇衣乞食……』照高本，惜春是在家削髮的，並沒有去穿了黑衣裳，沿門托鉢，做走方尼姑。總之，佚本寫十二釵底薄命，處處要比高本底文章色彩濃厚強烈些；這是我們所知道的。

又副冊中人物，還可以考見佚本底敘述的，是襲人，麝月。佚本寫麝月，始終隨着寶玉，直到他出家。

『若他人得寶釵之妻，麝月之婢，豈能棄而爲僧哉？』（第三十一回注。）

『閒閒一段兒女口舌，卻寫麝月一人。襲人出嫁之後，寶玉寶釵身邊還有一人，雖不及襲人周到，亦可免微嫌小弊等患，……』

（第二十回注。）

這是麝月始終隨着寶玉底證據。寶玉當時既已落薄，麝月還跟着他，所以評書人加以獎讚。我們從這裏可以知道高本上底『佳人雙護玉，』『五兒承錯愛』等等，在佚本上都沒有的。佚本爲什麽要留下麝月，隨伴寶玉呢？這也是依据八十回中底暗示。第六十三回中，作者把她比荼蘼花，拿她來『了花事，』來『送春；』可見她是大觀園中羣芳之殿。佚本作者如此補法，正合原意，這也可見他底精細，遠非高鶚所及。

襲人是嫁蔣玉函的，册子有明文，所以兩補本敍她底事相同。但相同之中，有個大不同的地方。高本寫她嫁，在寶玉出家之後，佚本寫這件事，在他出家之前。襲人出嫁，爲寶玉所及見。

『既如此，何得襲人又作 前語以愚寶玉？不知何意，請看下

文』（第十九回，注）

『故襲人出嫁後云「好歹留着麝月」寶玉便依從此話』（第二十回，注）

『箴與諫無異也，而襲人安在哉？寧不悲乎！』（第二十一回，評）

『蓋琪官雖係優人，後回與襲人供奉玉兄寶卿，得同終始者，非泛泛之文也。』（第二十八回，評）

上引各節，都可以互證襲人嫁在寶玉出家之先。襲人留言，寶玉聽從，證一。寶釵諫寶玉時，襲人已不在賈府，證二。他倆夫婦怎樣地供奉釵玉，雖不可知，但寶玉總是見襲人之嫁，證三。

這兩種寫法底好歹，不容易下判斷。不過說她早嫁，寶玉後出家，文情似尤覺盡致，在這一點上看，佚本或者好些。（至少我底私見如此。）但有一點須要注意的，佚本雖敍襲人先嫁，但並不寫她底薄情。這也是有證据的。寶玉肯聽她嫁後底話，反證她底非薄倖，證一。評者雖然有偏見，處處讚美襲人。如果眞佚本寫襲人後來太負心了，他也未必這樣儍；證二。如襲人負心，又豈能夫婦供奉寶玉，與之終始；證三。所以我揣想佚本寫她底嫁是被迫而非自動的，必有個不得已的緣故在內；故評書人對她有憐惋之意，無貶誚之詞。

但雪芹底意思卻並不如此，佚本在這點上鑄了個大錯。紅樓夢全書，對於諸女都無貶詞，惟對於襲人卻有言外微音。雖處處提她底端凝賢淑，但都含着尖刻的冷諷。到晴雯死後，寶玉對她尤覺疏遠。祭文中底話，有些簡直是熱駡，卽册詞所謂『堪羡優伶有福，誰知公子無緣！』也是歎詫之詞。高鶚深解這層微意，所以補得還好。在第一百十六回，寶玉看襲人底册子，便大驚痛哭起來。第一百二十回說『這「不得已」三字也不是一概推委得的。……「千古艱難惟一死，傷心豈獨息夫人！」』這些都還不失雪芹底意思。評書人一味頌揚，未免太不善於讀書了！佚本或者寫襲人亦有微詞，因爲評書人成見太深，以致忽略，原也說不定的。只是從大體看去，似高本稍解人意些。

我以爲襲人底結局，應當是因厭棄寶玉底貧苦，在他未做和尚以前，自動的去改嫁蔣玉函，是一個眞的負心人。這就是合兩本底寫法，不知讀者有同感嗎？

這佚本補書底內容，在這三大項中，（賈氏，寶玉，十二釵）已約略包舉。至於本書底原文，評注中稱引極少。除『好歹留着麝月』一語外，還有：

『落葉蕭蕭，寒烟漠漠……』（瀟湘館景）（第二十六回，注。）

其餘便都無可考回目可知的只有一回是：

『薛寶釵借詞含諷諫，王熙鳳知命强英雄。』（第二十一回，評。）

這個回目，不見於高本，戚本，知爲佚本底回目。這回事蹟底大概，前節已言及。這回底次序，是在後三十回之第幾，也不可知。所可推測的，是在襲人嫁後，寶玉有意出家而沒有實行之時，大約是在佚本底下半部。還有『懸崖撒手，』一想也是回目中語，這大約是最後的一回了。（見第二十一回，注。）

除此以外，佚本底一切光景都消沉了。在第一回，『温柔富貴之鄉』下注云：『伏紫芝軒。』八十回的戚本，一百二十回的高本，都沒有這個軒名，想也是佚本所載的。紫芝軒總是寶玉所居，循文意可知，或者是寶釵寶玉成婚之處，但這也是我底瞎猜罷了。

這樣一部很早且較好的補作，只因爲沒有付刊，遂致散佚，這自然是很可惜的。況且連作者底姓名年代都無考，這更使我們慙恨。這書底面目，從評註裏去窺測，不過『存什一於千百，』我們已覺得他底精細，遠非高鶚可比。可見佚本底聲價，決不能因散亡而減少的。這本和紅樓佚話所說的『舊時眞本，』高鶚本是紅樓夢底三大部甲類續書。以我底批評，這本最好些，那兩本互有短長。現在只有高本通行，其餘兩本都只見稱引，不見全書。但讀者却不要以爲高本獨存，是優勝劣敗。高鶚底書因有程偉元替他刻成，他自己又做了大官，所以獨能流傳下來。那兩本底作者，無力或無意於印行他們底著作，便致埋沒了。我們不能把成敗來估定作品底價值。

在這樣枯窘的材料中（一部有正書局出版的紅樓夢）能草就這一篇短文，我也沒有什麼抱憾。只是，我說這本有三十回，若就文中情文中事論，斷斷不止的。但評注裏所供給的證據，偏偏向着這三十回說。我只好暫時承認他，一面聲明保留我底修正權，於將來這書再版底時候。

評注固十分可厭，在從別一方面看，却很可貴。所以我很致謝有正書局底老板，於戚本印行時，沒有奮筆把評注删去，使這三十回佚書有一旦重新暴露於文壇的機緣。

一二，四，二九。

（十三）所謂「舊時眞本紅樓夢」

紅樓夢八十回後，續書原不止一種，只是現存的只有高本這一種罷了。我曾在戚本評註中考定一種佚本，已在上章詳述。現在所要說的，又是另一個補本。這補本底存在，事蹟只見於上海晶報臞蝯筆記裏底紅樓佚話上面。原文節錄如下：

「紅樓夢八十回以後，皆經人竄易，世多知之。某筆記言，有人曾見舊時眞本，後數十回文字，皆與今本絕異。榮寧籍沒以後，備極蕭條。寶釵已早卒，寶玉無以爲家，至淪爲擊柝之役。史湘雲則爲乞丐，後乃與寶玉爲婚。……』

可惜他沒有說出所徵引的書名，只以某筆記了之。在蔣瑞藻底小說考證裏亦有相類似的一段文字，他卻是從續閱微草堂筆記轉錄下來的，或者就是臞蝯筆記所本。現在亦引如下：

『紅樓夢……自百回以後，脫枝失節，終非一人手筆。戴君誠甫曾見一舊時眞本，八十回之後，皆不與今同。榮寧籍沒後，均極蕭條；寶釵亦早卒；寶玉無以爲家，至淪爲擊柝之流；史湘雲則爲乞丐，後乃與寶玉仍成夫婦，故書中回目有「因麒麟伏白首雙星」之言也。聞吳潤生中丞家尚藏有其本，惜在京邸時未曾談及，俟再踏軟紅，定當假而閱之，以擴所未見也。』

這條文字較臞蝯筆記似較確實有根據些。(1)所謂舊時眞本確有人見過且能舉出其人之姓名。⑵他確說自八十回起不與今本同，可證其爲另一補本。⑶他明言這書寫寶湘成婚事係依據於第三十一回之目。⑷這種本子不但有人見過，且有人收藏。而且收藏這書的人，並不是名聲湮沒的寒儒，却是堂堂的一個巡撫。

這實在可以證明，以前確有這一種舊時眞本，不是憑空造謠可比；所以使我覺得有考證一下底必要。就兩書所敍述的事蹟看，大都不和高本相同。⑴榮寧後來備極蕭條的景況，不見於高本。高本雖亦寫籍沒，但却有那些『沐天恩，』『延世澤，』『封文妙眞人，』『蘭桂齊芳，』這類傻話。⑵寶釵早卒；高本却寫她出閨守寡，撫孤成名。⑶寶玉擊柝；高本却寫他隨雙眞仙去，受眞人之號。⑷湘雲爲丐，配寶玉；高本只寫她嫁一不知名的人後守寡，沒有一筆敍到她底貧苦。

可考的只有四項，而幾乎全與高本不同。究竟是那一本好些？姑且留到最後再說。我們先要試問這本底年代問題，再討求他所依據的——在八十回內的——是什麼。

頡剛說：『我對於這所謂「舊時眞本，」有兩個假定：⑴這是補本，（適之先生也如此說；）⑵這補本在高鶚之先，爲高鶚所及見。』（十六，十，十信。）他底第一個假定是無可疑的，因爲前人——距雪芹年代極近的——如張船山，高蘭墅，程偉元，戚蓼生，都說原本紅樓夢只有八十回。（張說見于船山詩鈔，高說見程排本紅樓夢底引言，程說見於前書底序，戚說見於戚本紅樓夢序。）他們底說話，卽使非可全信，也決不是全不可信。他們又何至於聯絡起來造謠生事呢？至於第二個假定，頡剛並沒有舉示所根據的理由，我也不能妄下是非的判斷，只可以懸着當作一個可能的想像罷了。（頡剛附案，我所以有這第二個假定因爲我先假定『因麒麟伏白首雙星』的回目是做這部續書的人改的，高鶚續作沿用這部書的改文，所以假定高鶚曾見這部書。大意見八十回後的紅樓夢篇中論湘雲一段。）

這補本底取材，頡剛曾加以說明，現在引錄如下。凡我另有意見的，加上案語。

『⑴榮寧籍沒——第十三回，王熙鳳夢中秦可卿的話。』

〔按〕第七十四回，探春明言抄家事，暗示尤爲顯明，不僅如這回所說。

『⑵寶釵早卒——第二十二回製燈謎，寶釵的是「梧桐葉落分離別，恩愛雖濃不到冬。」』

〔按〕頡剛所據，當是商務印書館底石頭記本。亞東本紅樓夢，分作紛雖濃作夫妻有正本，卽戚本，沒有這一謎，卻把高本所謂黛玉底謎，移作寶釵底。這究竟不知道那一本近眞？些寶釵底薄命底預示在八十回中還有數節，惟都不能够確說是早卒。如第七回寶釵論冷香丸說：『爲這病根，也不知請了多少大夫，喫了多少藥，花了多少錢，總不見一點效驗。』又如，『薛姨媽道：「姨媽不知寶丫頭古怪呢，他從來不愛這些花兒粉兒的。」』第四十回，賈母搖頭道：『……年輕的姑娘們，房裏這樣素淨，也忌諱。』這些或者也是補作底依据，至於所補的是不是，後面再詳。

『(3)寶玉淪爲擊柝之役——第三回，寶玉贊，「貧窮難耐淒涼。」』

〔按〕這是最顯明的一例，以外在第一囘中暗示尤多。

『⑷史湘雲爲乞丐——第一囘甄士隱注解好了歌，「金滿箱，銀滿箱，轉眼乞丐人皆謗。」』

『⑸寶釵死而湘雲繼——同囘同節，「昨日黃土隴頭堆白骨，今宵紅綃帳裏臥鴛鴦。」又第二十九囘，張道士送寶玉金麒麟，恰好湘雲也有這個。』（以上均見十，十六，十信。）

除此以外，頡剛又以爲第三十一囘之目係這本作者所改竄，而白首雙星卽以第一囘好了歌注所謂，『說甚麽脂正濃，粉正香，如何兩鬢又成霜』爲張本。頡剛所說均極是，惟以第三十一囘之目經過改竄，却不甚確。我在『後三十囘的紅樓夢』一章中已詳細辨難，這裏不再多贅。

至於這本比高本孰優孰劣，這自然可隨各人底主觀而下判斷，沒有一致底必要。照頡剛底意見，以爲高本好些。他底大意如下：

(1)寫寶玉貧窮太盡致，且不容易補得好。

(2)書中寫寶釵，處處說他厚福，無早死之意。

(3)第三十一回及第三十二回屢點明湘雲將嫁；且白首雙星，也不合册子，曲子底暗示。他以爲補作的人泥了金麒麟一物，不恤翻了成案，這是他底不善續。

(4)史湘雲爲乞丐，太沒來由。（十，十六，十，信。）

關於第一點，我和他底眼光不同。誠然要寫寶玉怎樣的貧窮，是極不容易，但作者原意確是要如此寫的。高鶚略而不寫，一方是他底取巧，一方是他沒有能力底鐵證。這補本已佚，所寫的這一節文字如何，原不可知。懸揣起來，或未必能令人滿意的。只是就一件事論一件事—補本究竟好不好，是另一問題——高本確是錯了。頡剛似乎不宜十分左袒高氏。

第二節所說，我在大體上能承認。但八十回書中，寫寶釵雖比黛玉端厚凝重些，但很有冷肅之氣，所謂秋氣；可見她也未必不是薄命人，（十二釵原都歸入薄命司，見第五回。）頡剛說她厚福，似無根據。但守寡亦是薄命，不必定是早卒。卽八十回內所暗示，亦偏向於這一面。故頡剛底結論，我並不反對。（只有一條，似乎有寶釵早卒之意，或爲這補本作者所依據。第二十八回說『如寶釵……等，亦可以到無可尋覓之時矣。寶釵等終歸無可尋覓之時，則自己又安在哉？』）至於若高鶚所補的，寶釵有子，後來『蘭桂齊芳，』我卻不敢贊一詞了！

第三節的話，我也贊成。但我旣證明第三十一回原來是如此的；那麽，這補本也不必大加非薄了。高鶚寧可据第五回，卻拋棄第三十一回之目不管他。這本底作者卻和蘭墅意思相反，專注重第三十一回之目，成就寶玉湘雲底姻緣。這其實也不過是哥哥弟弟，不必作十分的抑揚，寫這一點，比較最滿我意的，是三十回的佚本在這兩本中，我只說，高鶚是較乖巧些。

第四節，我完全同意但頡剛在另一信上說，（十，六，十四）好了歌注只是泛講，我卻不以爲然。所謂『乞丐人皆謗，』必是確有所指，只未必便是指湘雲。可惜這書沒有做完，使我們無從去懸揣。至於頡剛說『沒來由，』卻甚是，因爲在八十回中，湘雲並不是金滿箱銀滿箱的富家小姐，史家在上代雖然和賈王薛三姓齊名，但當湘雲之時，早已成了破落戶。我們且看：

『他們家嫌費用大，竟不用那些針線上的人，差不多的東西都是他們娘兒們動手。……我再問他家常過日子的話，他就連眼圈兒都紅了……」（第三十二回，寶釵語。）

「一個月通共那幾串錢，你還不够使……」（第二十七回，同。）

一個月只有幾串錢的月費且家中連個做活計的婆子都沒有這種生活，難道是可以說「金滿箱銀滿箱」嗎？這可以證明作者底原意，雖然必有個書中人將來做乞丐的，但却决不是史湘雲。

在這四點以外，還有一點，我覺得這本要比高本好的便是實寫賈家底蕭條，並無復興這件事。這是兩佚本所同，非高本所及。我所據的理由已在上章中詳舉了。

這個某補本，可考的比那三十回本更加寥寥，眞是我們底不幸。他和高本，只有抄家一點相同，抄家以後的景象且不盡同，以外便全不相合。就事蹟論，這本寫寶玉底結局有一點——貧窮——勝於高本。高本寫寶玉，寶釵，湘雲三人底關係，則又不如高本。就風格論，這本病在太殺風景，高本病在太腸肥飽滿了；一個必說寶玉打更，湘雲乞食，那一個卻又說，寶玉升天，寶釵得子，都犯過火的毛病。

惟這本寫寶玉終於貧窮而不出家，似又不如高本。因爲一則書中暗示寶玉出家之處極多——貧窮之後出家——不能沒有呼應；二則不如此寫，這部百餘囘大書頗難煞尾。只有出家一舉，可以神龍見首不見尾，一束全書，最爲乾淨。頡剛也說：『但是貧窮之後，也許眞是出家。因爲甄士隱似卽是賈寶玉底影子。……甄士隱隨着跛足道人飄飄去了，賈寶玉未必不隨一僧一道而去。要是不這樣，全書很難煞住，且起結亦不一致。』（十五，十七，信）高鶚見到這些地方，正是他底聰明處。這本不如此收梢，想其結尾處不能如高本底完密。高本誤在沒寫寶玉底貧窮，這本又誤在沒寫他底出家；其實貧窮和出家，是非但不相妨而且相因的。我曾經揣測寶玉底出家，與他底貧寒多少有連帶的關係；雖僅僅是個揣想，但在反對方面，卻也很有證据。

這某補本底存在，除掉紅樓佚話小說考證所引外，還有一證，頡剛說：「介泉（潘家洵君）曾看見一部下俗不堪的紅樓續夢一類的書，起頭便是湘雲乞丐，可見介泉所見一本，便是接某補本而作的。（我所謂乙類續書。）」（十，六，二十四信。）這眞是極好的事例，可以證實以前曾有這麼一種補書底存在；又可以知道前人曾有疑第三十一回之目而據以補紅樓夢的。（適之先生也如此說。）

所謂舊時眞本底眞相，爲我所知道的，不過如此。我因爲這也是一種散佚的甲類續書，且和高本互有短長，可以參較，故寫了這一節文字。

一二，一五，六。

（十四）附錄

讀紅樓夢雜記選粹

我最初不知道有這一書。頡剛來信告我，并節錄了數節很有趣味的文字，方才引起我底注意。（十七，二十，信）這書作者底名姓，籍貫，也爲頡剛所考定。他說：

『讀紅樓夢雜記，是同治八年願爲明鏡室主人在杭州刻的。這人只署別號，本不知道是誰。恰巧在友人處見到一本願爲明鏡室詞，是旌德江順怡做的，刻的時候與地方都是一樣，可見這雜記是江順怡所做無疑了。』

這眞是奇巧之至！如他不在友人處見江詞，何從知道這書作者底眞姓名？我因他所節錄的頗有趣，很想自己買一本。果然，去年十月間被我在杭州買着了。

我所得的，共有六本書；中間以王雪香底紅樓夢評贊爲主體，有附刻四種，最後的一種便是這雜記了。頡剛書只有一本，却是原刻；我底是光緒丙子（光緒二年，一八七六年）夏天在上海翻刻的，離原刻書時只有七年。以滬杭之近，七年前後便重刻一次，可見這書在當時是頗盛行的。

可惜的很，其餘附刻的三種，都只是詩詞賦，不與我們考證紅樓夢相干。只有江君底雜記，雖薄薄的八頁書，却頗有些關係。現在把這書有精采的文字，選錄下來，備讀者底參閱。

「紅樓夢悟書也。其所遇之人皆閱歷之人，其所叙之事皆閱歷之事，其所寫之情與景皆閱歷之情與景正如白髮宮人涕泣而談天寶，不知者徒豔其紛華靡麗，有心人視之皆縷縷血痕也。……纏綿悱惻於始，涕泣悲歌於後，至無可奈何之時，安得不悟！」（一頁）

「風塵碌碌，一事無成，已往所賴之天恩祖德，錦衣紈袴之時，飫甘饜肥之日，背父母教育之恩，負師友規訓之德，以致半生潦倒，罪不可逭。此數語古往今來人人蹈之，而悔不可追者，孰能作爲文章，勸來世而贖前愆乎？」（一至二頁）

「或謂紅樓夢爲明珠相國作；寶玉對明珠而言，即容若也。竊案：……苟以寶玉代明珠，是以子代父矣，況飲水詞中歡語少而愁語多，與寶玉性情不類。蓋紅樓夢所紀之事，皆作者自道其生平；非有所指，如金瓶梅等書，意在報仇洩憤也。數十年之閱歷，悔過不暇，自怨自艾，自懺自悔，而暇及人乎哉！所謂寶玉者，卽頑石耳。』一（六頁）

江君竟敢斷定紅樓夢不是影射，指斥，只是明明白白一部作者底自傳；況且他絲毫不知雪芹底事實（全書沒有題到作者是曹雪芹，）竟敢下這樣的大膽的斷語，在舉世附會的『紅學』盛行之時，他能獨樹一幟，開正當研究紅樓夢底先路。他屏去一切的傳說，從本書上着眼，彙觀其大義；雖寥寥的幾頁書，已使我們十分敬佩了。千千萬的人都是把紅樓夢當消閑果子喫，他卻以嚴肅的態度來讀他。他看不見有什麼紛華靡麗，只是些縷縷的血痕。所以他自己所謂，『讀者未嘗不解其中味也，』一是言大而非誇的。

以外還有兩段批評文字：

『眞假二字幻出甄賈二姓，已落痕跡；又必說一甄寶玉以形賈寶玉，一而二，二而一，互相發明，人孰不解。比較處尤落小說家俗套。』（一頁）

『西遊記託名元人，而書中有明代官爵。今紅樓夢書中有蘭臺寺大夫，及九省統制節度使等官，又雜出本朝各官，殊嫌蕪雜。』（二頁）

此書敍甄家之事原甚不可解；以我們看去，大可全删。江君所評，切極。但在一方面說是人孰不解，他方面想實在是人都不解。因爲這實在是文章底贅疣，毫無意思，且亦毫無風趣。至於他所謂，『比較處落俗套；』這實在罵的是高鶚。在八十回中，寫甄寶玉完全和賈寶玉一樣，只可以說『一而二，二而一，』却講不到比較眞正的比較，在第一百十五囘方見。江君旣說俗套，想也不贊成高氏底補筆了。至於官名蕪雜，雖無關這書文學上底聲價，却也是『白璧之瑕。』惟作者自己說是荒唐言，或者故意作如此寫，以掩其爲淸代之事也未可知。（蘭臺寺大夫見於第二囘，九省統制見於第四囘，節度使最初見於第十五囘。淸朝官名屢見。）

他雖不知有高鶚補書事，但却也不滿意於他底喜寫舉業科名。所以說：

『賈蘭之才，正以見寶玉之不才。在作者原以半生自誤，不能爲賈蘭而爲寶玉，願天下後世之人皆勿爲寶玉而爲賈蘭，然而吾讀紅樓，仍欲爲寶玉而不爲賈蘭，吾之甘爲不才也。。。。…………』

（三頁）

他既不羡慕賈蘭之爲人，當然也不以寶玉中舉爲必要的。他如知道後四十回是高氏補的，在這點上，也必定要加攻擊，和現在我們底態度一樣了。他評襲人改嫁蔣玉函事，也公允得很，要比評註戚本人底一味頌揚，漂亮得多了。他說：

『惟襲人可恨，然亦天下常有之事。』（七頁）

這書還有一節，可以備軼聞的。

『又有滿洲巨公謂紅樓夢爲毀謗旗人之書，亟欲焚其版。余不覺啞然失笑。……紅樓所紀，皆閨房兒女之語，所謂甚於畫眉者。何所謂毀？何所謂謗？』（六頁）

這些地方，可以看出在他心目中紅樓夢底風格是哀思的，（纏綿悱惻於始，涕泣悲歌於後，）而非憤怒的，（何所謂毀？何所謂謗？）正和我底批評相同。在現在的時候，這類『毀謗旗人』的解釋還依然流行着；江君如及見，豈不要『冠纓索絕，』想不僅是『啞然』而已。

我因爲這是部無名的著作，且篇幅極短，不足當人底注意，所以把書中底精粹轉錄下來，作爲附錄之一。

一二，五，十六，夜。

（十五）附錄

唐六如與林黛玉

讀者看了這個標題，想沒有一個不要笑的，以爲我大約是在那邊大發精神病了。現在姑且讓我慢慢的將這大謊圓上，讀者且勿先去笑着。

紅樓夢中底十二釵，黛玉爲首，而她底葬花一事，描寫得尤爲出力，爲全書之精采。這是凡讀過紅樓夢的人，都有這個經驗的。但他們却以爲這是雪芹底創造的想像，或者是實有的經歷，而不知道是有所本的。雖然，實際上確有其人，其事也儘可能；但葬花一事，無論如何，係受古人底暗示而來，不是「空中樓閣，」「平地樓臺。」

我們先看葬花這件事，是否古人曾經有的？我們且看：

『唐子畏居桃花庵，軒前庭半畝，多種牡丹花，開時邀文徵仲，祝枝山賦詩浮白其下，彌朝浹夕，有時大叫痛哭。至花落，遣小伻一一細拾，盛以錦囊，葬於藥欄東畔，作落花詩送之。』（六如居士外集，卷二。）

『却是林黛玉來了，肩上擔着花鋤，花鋤上掛着紗囊，手內拿着花帚。……那畸角上，我有一個花冢，如今把他掃了，裝在這絹袋裏，埋在那裏，日久隨土化了，豈不乾淨。』（紅樓夢，第二十三回。）

『一直奔了那日同黛玉葬桃花的去處來。……只聽那邊有嗚咽之聲，一面數落着，哭得好不傷心』（第二十七回）

讀者逐字句參較一下，便可恍然了。未有林黛玉底葬花，先有唐六如底葬花；且其神情亦復相同。唐六如大叫痛哭，林黛玉有嗚咽之聲；哭得好不傷心。唐六如以錦囊盛花；林黛玉便有紗囊絹袋。唐六如葬花於藥欄東畔；林黛玉說：「那畸角上，我有一個花塚。」如依蔡孑民底三法之一（軼事可徵；）那麼，何必朱竹垞，唐六如豈不可以做黛玉底前身？

但我們既不敢如此傅會武斷，又不能把這兩事解作偶合的情況；便不得不作下列的兩種假定。(1)黛玉底葬花，係受唐六如底暗示。(2)雪芹寫黛玉葬花事，係受唐六如底暗示。依全書底態度看，似乎第一假定較近眞一點。黛玉是無書不讀的人，儘有受唐六如影響底可能性。

而且，還有一證，可以助我們去相信這個假設。黛玉底詩，深受唐六如底影響，這是一比較就可見的。外集所謂落花詩是三十首的七律，與黛玉底葬花詩無關。但六如集中另有兩首，却爲葬花詩所脫胎。我們且節引下。并舉葬花詩對照。

『今日花開又一枝，明日來看知是誰？明年今日花開否？今日明年誰得知？』（卷一，花下酌酒歌）

『桃李明年能再發，明年閨中知有誰？……明年花發雖可啄，却不道人去樑空巢亦傾！』（第二十七回）

又如：

『一年三百六十日，春夏秋冬各九十。冬寒夏熱最難當，寒則如刀熱如炙。春三秋九號溫和，天氣溫和風雨多。一年細算良辰少，况又難逢美景何！』（卷一，一年歌）

『一年三百六十日，風刀霜劍嚴相逼；明媚鮮妍能幾時？一朝

飄泊難尋覓。』」（第二十七回）

後詩從前詩蛻化而來，明顯如此，似決非偶合的事情了。且可以參證的還不止此。唐六如住桃花庵，有『萬樹桃花月滿天』的風物。林黛玉住的地方，雖沒有桃花，（第四十回）但葬的是桃花，（第二十七回）又做桃花詩，結桃花社。（第七十回）我們試把六如底桃花庵歌，和黛玉底桃花行參較一下。

『桃花塢裏桃花庵，桃花庵裏桃花仙，桃花仙人種桃樹，又摘桃花換酒錢。』（卷一，桃花庵歌）

『桃花簾外東風軟，桃花簾內晨妝懶；簾外桃花簾內人，人與桃花隔不遠。』（第七十回，桃花行）

這雖沒有十分的形貌相同，但丰神已逼肖了。又如六如說『花前人是去年身，今年人比去年老。』（卷一，花下酌酒歌）黛玉便說：『桃花簾外開仍舊，簾中人比桃花瘦。』（第七十回，桃花行）至於綜觀兩人底七言歌行，風格極相似，且都喜歡用連珠體。六如有花月吟，效連珠體十一首，（六如集卷二）句句有花有月。黛玉則擬『春江花月夜』之格，乃名其詞曰，秋牕風雨夕。（第四十五回）

我約略繙閱了一遍六如集，舉了幾個上列的事例；如細細參較起來，恐怕還有些相似之處可以發見。只是一句兩句，很微細的，也不必詳舉。總之我們在大體上着想，已可以知道紅樓夢雖是部奇書，卻也不是劈空而來的奇書。他底有所因有所本，並不足以損他底聲價，反可以形成眞的偉大。古語所謂『河海不擇細流，故能成其大，』正足以移作紅樓夢底贊語。

二二，五，十三。

（十六）附錄

記紅樓復夢

乙類的續書，從甲類續書接下去的，幾沒有一部不是謬妄極了的書；所以使我們竟無可稱述。其中只紅樓復夢一書，以我所見，刊行最早，且有幾條略有關係的凡例，姑且在這裏略說一說。

這書沒有明敍作者姓名，僅在卷一署『紅香閣小和山樵南陽氏編輯。』卷首却有一序，署名爲武陵女史月文陳詩雯，序中稱作者爲吾兄紅羽，如假設爲她底親兄，則作者亦姓陳。序成於廣東，她自己却稱武陵女史，亦不知究竟是那裏人氏？好在這書本無價値，亦不値得作一番詳細考證。

這書底年代，卻很明白書眉刊有『嘉慶乙丑新鐫，』（嘉慶十年，一八〇五）陳序後書『嘉慶己未秋九重陽，』在刻書六年以前（嘉慶四年，一七九九）我們知道程偉元刻高本告成在一七九二年。故以此書作序之日——作書例應在作序之前——上推距高本成不過七年；卽以成書時推溯，亦只有十三年。依我揣測，這書既有百回，决非數月可了，大約高本行世二三年之後，紅樓復夢便在那邊起草了。

以這樣早的一部高本底續書，竟沒有什麼可以啓發我們的，眞是可惜得很。這書共有一百回，而全體異常荒謬，不可言說。其最後的一回——第一百回——是五枝花同歸榮國府，十二釵重會大觀園。讀者也可以『嘗一臠知全鼎之味，』不待我底贅說了。

本書既無可說的，幸上有幾條凡例，却還有些意義，可以供我們底參考其中有好幾條，都是表現作者底胸襟，可憐可笑，可以作後來續紅樓夢人底代表心理。

（一）此書雖係小說，以忠孝節義爲本，男女閨之有益無礙。

（二）書中因果輪迴報應，驚心悅目，借說法以爲勸誡。

（三）此書雅俗可以共賞，無礙於處世接物之道。

（四）前書人物事實，每多遺其結局，此則無不成其始終。

（五）前書榮府，應以賈政爲主，寶玉爲佐，而書中寫賈政似若贅瘤，乃紅樓夢之大病。

這種妙論，眞是聞所未聞，讀者沒有領敎一番，豈不可惜！這五條凡例，表現有五種高見：(1)做小說必講忠孝節義；(2)必講因果報應；(3)必不可以得罪世道；(4)必要有頭有尾；(5)必要父爲子綱。這是什麼話！論紅樓夢應以賈政爲主，眞是異想天開。這種妄人底心理，如他不自己宣布，我們簡直是無從懸揣的。

還有兩條，也不可以不錄。

(一)書中無違礙忌諱字句。

(二)書中嘻笑怒駡，信筆發科，並無寓意譏人之意，讀者鑒之。

這似乎隱隱說前書是『寓意譏人，』是有『違礙忌諱字句』的，雖不明說，却在對面含有這類的意思。這也可謂是妙解。可見紅樓夢行世以後，便發生許多胡亂的解釋，在那妄庸人底心裏，不過沒有什麼『索隱』『釋眞』這些大作罷了。

但凡例中最重要的還是下列的一條：

(一)前書八十囘後，立意甚謬，收筆處更不成結局，復之以快人心。

這告訴我們有三件事：(1)紅樓復夢底解釋，就是『復之以快人心，』就是打破悲劇的空氣，成就團圓的結局。(2)他雖極不滿意於後四十回，但却全和現在的我們底見解相反。他所謂『謬，』正是高作底妙處；他所謂不成結局，正是紅樓夢正當的應有的結局。這可見高氏如不假託作者，那就無以維持一百二十回本底運命，且亦無以維持紅樓夢底悲劇的空氣。他雖不辨八十回後是高鶚所作，尚且要復一下，又何況在知道以後呢！(3)他不明說八十回後是誰作的，何以能斷從八十回以後，這是頗可思的。他爲什麼不說七十回或九十回以後，而必斷自八十回？這可以想見高本未行之前，已通行一種八十回抄本；所以他胸中很有八十回和四十回有點區別這個觀念，大可以作高氏補書這件事情底旁證。但他何以不知道四十回是高氏底手筆想因他腦筋單簡被『在鼓擔上得來的』這一句鬼話輕輕瞞過了。且這書或是在廣東做的，作者對於京師掌故想亦不甚了了，這亦難怪他了。

以他這樣不滿意于高作，而不得不從高本續下去，這眞是可憐極了！以後的續作，都抱同一的見解，而沒有一個敢得罪高鶚的，都是些可憐蟲啊！

二三，六，十八。

（十七）附錄

劄記十則

（A）

書中寫的是賈氏，而作者卻是姓曹。所以易曹爲賈，卽是眞事隱去的意思。但所以必寓之於賈，卻有兩個意思：(1)賈卽假，言非眞姓。(2)賈與曹字形極相近故。

（B）

大觀園地形並不甚大，所以寫得這樣的千門萬戶，正因曲折迴環之故。此園決不甚大，可以從本書看出有下列數項：

(1)大觀園只占會芳園(寧府之園)底一部分。

第十六回，拆會芳園之牆垣樓閣。

第七十五回，賈珍在會芳園叢綠堂中開宴。

(2)大觀園底地形：

(a)寧府會芳園之一部，

(b)榮府東大院，

(c)榮府東邊所有下人一帶羣房，

(d)兩府爲界之一條小港。(均見第十六回)

(3)賈政道：『非此一山，一進來園中所有之景悉入目中，則有何趣？』(第十七回)

(4)賈政游園，雖經歷處甚多，但已將全園兜了一個圈子，已大

致遍覽過了。（同回）

(5)大觀園諸人來往極頻繁。即以黛玉之嬌弱，亦常至各處遊覽，可見園子决不甚大。而瀟湘怡紅兩處尤近。

這都可以見大觀園是曲折而非廣大，是人家園林所常有的，並不足爲希罕，換句話說，以曹氏底累代富貴，有此一園亦並不在情理之外。况且書中敍述，自不免夸飾，以助文情。故大觀園之遺址，不見於記述，並不足以此推翻『紅樓夢是自傳』這一說。

（C）

寶玉與秦氏之一段曖昧事，書中所叙也極明顯。惟故意說些荒唐言，以愚讀者而已。我舉各證如下：

(1)秦氏案上設着武則天當日鏡室中設的寶鏡，一邊擺着趙飛燕立着舞的金盤，盤內盛着安祿山擲過傷了太眞乳的木瓜，上面設着壽陽公主於含章殿下臥的寶榻，懸的是同昌公主製的連珠帳。寶玉含笑道：『這裏好！』秦氏……親自展開了西施浣過的紗衾，移了紅娘抱過的鴛枕。

(2)秦氏便吩咐小丫環們好生在檐下看着貓兒打架。

(3)那寶玉纔合上眼，便恍恍惚惚的睡去，猶似秦氏在前，遂悠悠蕩蕩，隨了秦氏至一所在。

(4)警幻以表字可卿者，許配與寶玉。

(5)秦氏正在房外囑咐小丫頭們好生看着貓兒狗兒打架，忽聞寶玉在夢中喚他的小名，因納悶道：『我的小名，這裏從無人知道，他如何知得，在夢中叫將出來？』（以上第五回）

(6)寶玉道：『一言難盡！』便把夢中之事，細說與襲人知了。說至警幻所授雲雨之情，羞的襲人掩面伏身而笑（第六回）

這些都可以作證。(1)秦氏房中之陳設，及所用之衾枕，當然決非實在有的東西，是明點有枕席之事。(2)寶玉隨秦氏到了太虛幻境，是明寫他被她誘惑了。(3)警幻以其妹名可卿者，許配與寶玉，夢中之可卿與夢外之可卿，是一而非二。且老實說，實際上何嘗會有這一夢，所謂入夢，明是假語村言。(4)秦氏底小名，獨寶玉知之，中間必有一節情事。(5)第二條說秦氏吩咐丫鬟們看着貓兒狗兒打架，第五條說秦氏正在房外囑咐小丫頭們看着貓兒狗兒打架。以亞東本看，此兩條相去有十七頁書，何以秦氏底吩咐言語尚未了結？寶玉睡了一覺，做了這麽一個長夢，至少亦有十分鐘，何以秦氏還在那邊囑咐小丫頭們？所謂『正在，』如何解釋？此等破綻，明係故意如此脫枝失節，決非無心之疏忽。(6)寶玉做夢，何必說什麼「一言難盡？」且與襲人談雲雨之情，似非空中樓閣可比。故前人評此回，以爲所謂「初試」實際上是再試了，是很確的話。

這六條已如此明顯了，在下文第十三回，秦氏死後，寫寶玉之哀痛逾恆，以致口吐狂血；第十一回，寫寶玉去問病，想起在這裏睡晌覺時，又聽得秦氏說了這些話，如萬箭攢心一樣。這些地方，都是不諱言有這麼一回事，其相差只在「明明道破」一點而已。但如此寫法，離明明道破相去亦已不多；微文曲旨故意迴旋，正是作者底故弄狡獪，亦無甚深意可言。

（D）

紅樓夢有許多脫枝失節處，前人評書的亦多有說過的。如第十二回說林如海冬底染病，賈璉送黛玉南下。第十三回頭上，說鳳姐與平兒擁爐倦繡，半夜聞秦氏之喪；則秦氏之死明在冬盡春初之交。但同回下半節秦氏底「五七，」昭兒回來說林如海是九月初三死的，幷述賈璉要帶大毛衣服。這無論如何，是不能圓這謊的。我分析如下：

(1)林如海於冬底染病，來喚黛玉，則昭兒所謂九月初三死的，應當是第二年了。如說一年，豈非林如海死了還會說話，豈非奇談。

(2)但秦氏死在賈璉走後數天之內，看第十三回可知。秦氏死了三十五天，昭兒即回來報林如海之喪，是林明明死在上年底九月初三了。同年之中，冬底染病，秋末死了；這算怎麼一回事？

(3)賈璉冬底去，爲什麼不帶大毛衣服？昭兒又爲何來回去得如此之快？

又如第二十六回，薛蟠說明兒五月初三是我底生日。同回之末，叙是夜黛玉獨立在怡紅院外。到第二十七回，却說次日乃是四月二十六日。不但今天是五月初三，明天是四月二十六，本說不通，卽非明日，亦說不通，因爲二三頁書，決不會在中間有一年之隔。況且書中明點次日，猶不能有所掩飾。這也是一大漏洞。其餘類此等處的自然還有，不過這兩點尤著明而已。

至于這種疏漏，是故意的，或者是無心的，很不容易判斷。看第一回所謂「荒唐言」「假語村言」，則似乎是有意如此寫得顚顚倒倒，使眞事得以隱去。高氏補巧姐傳，也寫得光怪陸離，大約想作效顰的東家施了。

（E）

紅樓夢有些特異的寫法：如第五回贊警幻有一小賦，第十一回寫會芳園景物，亦有一節小賦；但第十一回以後便絕不見有此種寫法。（此聖陶所説）又如全書均稱尊貴之閨女爲姑娘，但第十三回寶珠爲秦氏義女，却有小姐之稱。此等特異之筆法，是有意與否，却不可知。

（F）

第二十九回之目，高本原作『享福人福深還禱福，惜情女情重愈斟情』。現行之亞東本卻作『多情女』，有正本卻作『癡情女』，均不合。因『享』『惜』均是他動詞，正可作對文，『多』和『癡』俱是形況之詞，與上文不能銖兩悉稱。於此可見舊刻本之佳。

（G）

鴛鴦與邢夫人在八十回後必有一番情事，或者是場惡鬥也說不定。因八十回中寫鴛鴦必與邢夫人成對文，且對得很古怪。如第四十六回，『尷尬人難免尷尬事，鴛鴦女誓絶鴛鴦偶；』又如第七十一回，『嫌隙人有心生嫌隙鴛鴦女無意遇鴛鴦』這不但是對偶得太奇，且回目底句法，亦是一個板子印下來的。即邢夫人與鴛鴦交惡，八十回中必屢屢說過。又第七十一回，鴛鴦在賈母面前，說邢夫人底故意給鳳姐下不去。鴛鴦平素不常在賈母前挑唆是非，而此回獨獨破例，可見兩人交惡之深了。

（廿）

第七十五回，有『新詞得佳讖』之目。按此回本文並無甚『佳讖』可言。寶玉與賈蘭做詩得賞，不得謂之爲『讖』。賈赦賈政說些笑話，亦不得謂爲佳讖。我以爲『新詞得佳讖』應爲下引這一節文字：

「賈赦道「拿詩來我瞧。」便連聲讚好道：「這詩據我看，甚是有氣骨！……所以我愛他這詩，竟不失喈們侯門的氣概！」因回頭吩咐人去取自己的許多玩物來賞賜與他。因又拍着賈環的腦袋笑道：「以後就這樣做去這世襲的前程跑不了你襲了！」

賈政聽說，忙勸說：「他不過胡謅如此，那裏就論到後事了！」

這是極可怪的話，頡剛在十年五月十日信上亦曾提及此事。賈環做了一首詩，且並不甚好，賈赦胡遽以世襲許之？且寶玉嫡出爲兄，賈環庶出爲弟，如何能世襲底前程跑不了賈環？卽賈赦有意將襲職讓給賈環，但賈赦明明有個兒子，叫賈璉，並無承嗣他房之子底必要。且賈政本不喜賈環之詩，如何反以『那裏論到後事』作勸語？看賈政底口氣，似乎後事是應該如此的，（賈環襲職）不過現在還論不到罷了。這是什麼話？

這一節所以特別可怪，明爲後文作張本之用。若依現行本高補的後四十回，則『佳讖』一詞並無下落，而此回之目反成爲不通的贅語。這節本應在八十囘後的紅樓夢一章中說，因當時一時粗漏，故附記在此。

（I）

紅樓夢用的是當時的純粹京語，其口吻之流利，敘述描寫之活現，眞是無以復加。大觀園諸女，雖各有其個性，但相差只在幾微之間。因書中寫的是女子，既無特異事實可言，只能在微異且類似的性格言語態度上着筆，這眞是難之又難。水滸雖寫了一百零八個好漢，但究竟是有筋有骨的文字，可以着力寫去。至於紅樓夢則所敘的無非家庭瑣事，閨閣閒情；若稍落板滯，便成了一本家用帳簿。此書底好處，以我看來，在細而不纖，巧而不碎，膩而不粘，流而不滑，平淡而不覺其乏味，蕩佚而不覺其過火；說得簡單一點「恰到好處，」說得 figurative 一點，是『穠不短纖不長。』此紅樓夢所以能流傳久遠，雅俗共賞，且使讀者反復玩閱百讀不厭；眞所謂文藝界底尤物，不託飛馳之勢，而自致於千里之外的。古人所謂『桃李不言下自成蹊，』實至則名歸，決不容其間有所假借。我們看了紅樓夢，便知這話底不虛了。

現在的小說，雖是創作的，也受了很重的歐化；一方想來，原是一種好現象。因歐化的言語，較為精密些，層次多些，拿來作文學，容易引起深刻的印象。但在另一方面說，過分的歐化，也足以損害文學底感染性。且用之於描寫口吻上，尤令人起一種『非眞的』感想。因為人們平常說話——即使是我們——很少採用歐化的語法。為什麼到了文學上，便無人不穿一身西服，這是什麼道理？這所謂文藝界底『削趾適屨，』是用個人底心中偶像來變更事實底眞相。我覺得現行的小說戲劇，至少有一部分，是受了歐化底束縛，遂使文藝底花，更與民衆相隔絕，遂使那些消閑派的小說，得了再生底機會，而白日橫行；遂使無盡藏的源泉，只會在一固定的隄防中傾瀉。

這或者是我底過于周內，但這至少是原因之一個，却爲我深信而不疑。

同樣，我也反對用文藝來做推行國語統一底招牌。我覺得國語文學果然是重要；但方言文學仍舊應有他底位置。我們决不願以文學來做國語統一底工具；雖然在實際上，國語文學盛行之後，國語底統一格外容易些，也是有的。譬如胡適之先生所說，因有紅樓夢水滸等白話小說，然後才有現行的雛形普通語。這原不錯。但我們試問，當初曹雪芹施耐庵著書的時候，怕道他們獨創一種特別用語嗎？决不是的！那麼，我們可以說文學仍以當時通行的言語爲本，不是製造言語底工場。譬如國語中夾用伊字，表第三位之女性代詞，我就不以爲然。因爲活人底語言中，並沒有這麼一回事。南方人有說伊的，但並不是專指女性；且南方人學習北方語底時候，依然把他們所用的『伊』完全拋棄了。這可見用這字入文，是一種虛設的想像，並非依據於事實的。在事實上人稱代詞底語音，不能分性；至多只可以在字形上辨別。我本不贊成造新字的，但除此以外，卻沒有更好的法子可想。我總不相信文學家應有『惟我獨尊』的威權，使天下人拋棄他們底語音，來服從一二人底意旨。

我因論及紅樓夢，想起方言的，非歐化的作品，也自有他底價值，在現今文藝與民衆隔絕的時候尤爲需要；便不禁說了許多題外的話。讀者只要看紅樓夢底盛行，便知道文藝與民衆接近，也不是全不可能的事。不過文藝在民衆底心裏，不免要另換一種顏色，成了消閒果子，這卻是可憂慮的事。但我以爲這是由于民衆底缺乏知識，和高尙的情趣，須得從敎育普及與社會改造着手，不是從事文藝的人底應負的全責。我們果然要努力，更要協同地努力。

(J)

有人以為紅樓夢既是文藝,不應當再有考證底工夫,(在時事新報學燈上曾有人說過,我却不能記憶了。)我以為他是太拘泥了。考證雖是近於科學的,歷史的,但並無妨於文藝底領略,且豈但無妨,更可以引讀者作深一層的領略。這並不是自作辨解,故意瞎吹。我試作一點說明。

天下事物全是多方面的,而綜合與分析又是一件事底兩面,是相成而不相妨的。這個道理淺近得很,隨處可求,不必證明。我們可以一方作紅樓夢底分析工夫,但一方仍可以綜合地去賞鑒陶醉;不能說因為有了考證,便妨害人們底鑒賞。這是杞人憂天,不通的話。正如有人以為科學與文藝是不相容的,有同樣的不通。我們要知道,人性是多方面的,果然有時不免衝突,有時也可以調和的;即不是膠和漆,也決不是冰和炭。所以考證和賞鑒是兩方面的觀察，無衝突底可能。以我私見，覺得考證實在有裨於賞鑒。

文學底背景是很重要的。我們要眞正了解一種藝術，非連背景一起了解不可。作者底身世性情，便是作品背景底最重要的一部。我們果然也可以從作品去窺探作者底爲人；但從別方面，知道作者底生平，正可以幫助我們對於作品作更進一層的了解。這是極明白的話，無論誰都應當有這個經驗。譬如遊名山，賞鑒底時光，原可以不去疲神勞力，問某峯，某嶺，某溪，某壑；但未遊之前，或既游之後，得了一部本山底志，或得了一個嚮導全山底邱壑古跡，了然在心目中，豈有不痛快之理，豈有反以爲山志是妨害遊玩底興趣之理？情感底傳染與知識原無密切的關係；但知識底進步，正可以使情感底傳染力快而更深。這決不能否認，我以爲考證正是遊山底嚮導，地理風土志是游人所必備的東西。這是紅樓夢辨底一種責任。且文藝之有僞託，譌脫等處，正如山林之有荆榛。是一般的；有了荆榛，便使游人裹足不能與山靈攜手；有了這些障礙物，便使文藝籠上一層紗冪，不能將眞相赤裸裸地在讀者面前呈露，得有充分的賞鑒。我們要求眞返本，要蕩瑕滌穢，要使讀者得恢復賞鑒底能力，認識那一種作品底廬山眞面。做一個掃地的人，使來游者底眼，不給灰塵蒙住了；這是紅樓夢辨底第二責任。

我能盡這個責任與否，這是另一問題。但無論如何，已足以祛除『考證與賞鑒不能並存』這個迷惑而有餘。卽使全然失敗了，但我仍希望有人陸續做這事業，盡這兩種責任。我總希望有一天，卽使不是現在，紅樓夢底眞相與背景豁然顯露於愛讀諸君底面前，而我得分着一點失敗的光榮。

二一，七，三，夜。